Contents

A boy who just keeps raising the level in the dungeon

②

Dungeon Level Up

ダンジョンでただひたすらレベルを上げ続ける少年②

A boy who just keeps raising the level in the dungeon

Chapter 4 《 FOURTH STAGE 》

34歳のわりに若々しく見える黒髪の小柄な男、琥珀川瑠璃《こはくがわるり》。

29歳には見えないほど小さくてかわいい白髪ロングヘアーの女、鳳蝶月《あげはちょうるな》。

金髪の高身長イケメン、空蟬終《うつせみしゅう》。


この三人はサードステージをクリアしたあと、秋葉原のダンジョン入り口前へとワープさせられていた。

今は深夜らしく昼間ほどの人混みではないが、それでも人口密度が高く、また周囲の人工物の光によって昼間のように明るいのは、やはり世界唯一のダンジョンがある場所だからというべきか。


「なんか騒がしいな」

瑠璃が周囲を見渡しながらつぶやいた。

「騒がしいのはいつものことなんですけど、多分あのアナウンスがあったり、新しい階段が現れたりしているはずなので、余計にだと思います」と月。

「あぁー。久しぶりに地上へ出たぞ」

空蟬が背伸びをしながら言った。

「月、どこか行きたいところはあるか？」

そんな瑠璃の問いかけに彼女は「う〜ん」と少し考え、

「そう言われたらいろいろありますけど、言い出すとキリがないのでダンジョンをクリアしてからでいいですよ」

「おぉ、いい心がけだ」

「逆に瑠璃さんは行きたいところとかあります？」

「それはもちろん、次のダンジョンだろ」

「絶対言うと思いました」

「サードステージから生きて出られるだけじゃなく、クリアまでできたのはあんたたちのおかげだ。本当にありがとう！」

そう言って空蟬は深く頭を下げた。

「おう、じゃあな」

「またどこかで会いましょう」

「予想以上に冷たい!?」

あっさりとした二人の返答に、空蟬は驚きを隠せない様子。

「冷たいと言われても、別にそんな深い関係じゃないだろ。出会って一日くらいしか経ってないし」

「それでも、もっとこう何かないのか？　これからも頑張れよ、とか。俺たちと一緒にこないか？　とか」

「これからも頑張れよ」

「これからも頑張ってください」

「……おう」

「俺たちは二人で旅立つことにする」

「なので探さないでください」

「なんだその置き手紙みたいなセリフは！　しかも息ぴったりだな」

「ちなみにですけど、空蟬さんはこれからどうするんですか？」

「あー。それについては、久しぶりに酒場で酒でも飲みながらじっくりと考えようと思う」

「へぇ……。あ、そういえば瑠璃さんってまだお酒飲んだことないですよね？」

空蟬の言葉を軽く流し、月が尋ねた。

「ないな。……月もか？」

「はい、一度もないです」

「ふ～ん」

「……見た感じ瑠璃さんってお酒弱そうですよね。もしかすると、ジョッキ一杯で目を回して倒れるんじゃないですか？」

「何言ってんだお前。俺がアルコールごときに負けるはずないだろ。こう見えても世界最強の男だぞ？」

「それはどうでしょう。お酒の強さは基本的に遺伝子によって決まるらしいので、レベルは関係ありません」

「なぁ、もしよかったらレベルがたくさん上がるような場所を教えてもらえないか？」と空蟬。

「遺伝子で決まるというのはあくまで三次元の考え方でしかないだろ」

「この地球に生きている限り三次元なんですから、どんな思考回路をしていようともアルコールを分解できる能力は決まってますぅ」

「そんなに言うなら勝負してみるか？　どっちがより多く酒を飲めるか」

「あーいいですね！」

「見た感じ月のほうが弱そうだし、おちょこ一杯で死なないように気を引き締めておけよ」

「私お酒は初めてですけど、瑠璃さんにだったら勝てる気がします」

「あのー。効率のいいレベル上げのスポット――」

「――おい金髪！　俺たちも酒場に案内しろ。今からこの身のほど知らずと勝負して圧倒的な勝利を収めてやる」

「というわけなので空蟬さん。私たちも一緒に酒場へ行きますね」

「…………レベル上げが捗《はかど》るスポットを教えてもらえませんでしょうか？」

　空蟬が諦め気味に言った。

「そんなのあとで教えてやる。　だから早く行くぞ」

「えっ、いいのか？」

「あーそうだ！　面白そうだからついでにお前とも勝負してやるよ。もし飲み比べで俺に勝てたら、このレベルへ到達するきっかけになったおすすめのスポットを教えてやる」

　その瞬間、空蟬の表情が変わった。

　眉間《みけん》にしわを寄せて瑠璃を睨みながら、

「言ったな？　レベル6000万超えだろうが容赦しねぇ。歩く貯水タンクと言われた俺に喧嘩を売ったことを後悔させてやるよ」

「なんだそれ、ださっ」

「ふふっ、貯水タンクって。センスないですねー」

　瑠璃と月は小馬鹿にしたような笑みを浮かべる。

「うるさい！　行くぞ」


　とある酒場にて。

巨大な鎧を着た男が仲間に向かって尋ねる。

「なぁ、お前。最近レベルの世界ランキングを見たか？」

「毎日飽きもせず、よくそんなに同じことばかり言えるな。一日くらいランキング画面を開かずに生活してみろよ」

「あぁん？　無理に決まってんだろ。もしそんなことをしようものなら、気になりすぎて全身の震えが止まらねぇぞ」

「重症じゃねぇか！　……それよりも、もっと他に話題があるだろ」

「何がだ？」

「少し前のアナウンスだよ！　サードステージがクリアされたってやつ」

「あぁ、そういえばなんか聞こえたな」

「ダンジョンをクリアした冒険者は地上へワープさせられるって噂がある。どうせ初めてのクリア者は琥珀川瑠璃だろうから、今頃ダンジョンの入り口前とかにいるんじゃないか？」

その言葉を聞いた瞬間、鎧の男が急に真面目な表情になり、

「……てめぇ、なんでそれを早く言わねぇ」

「お前がランキングのことばかり言うからだ」

「こうしちゃいられない。おい、早く行くぞ」

「そうだな。俺も琥珀川瑠璃とやらを見てみたい」

そうして立ち上がろうとしたその時、酒場に異様な出で立ちの三人が入ってきた。

布の服を着ている男女と、ボロい鎧を装備している金髪の男。

「なんだあいつら。汚ねぇ格好だな」

「ははっ、案外あれがランキングトップの三人だったりしてな」と仲間の男。

「おい！　俺の瑠璃とるなたんを馬鹿にしてんのか!?」

「でもあの女の子、服装はあれだけどめちゃくちゃかわいいな」

「どれどれ……おっ、確かに。俺が頭で想像していたるなたんとほぼ同じ見た目だ」

「お前、聞いてこいよ。もしかすると本物かもしれないぞ」

「いやでも、そんな偶然あるはずねぇだろ」

「チッ、肝心な時に根性がないやつだな。……じゃあ、ちょうど俺たちの隣に座ったことだし、会話をこっそり聞いてみるか？」

仲間の男が小さな声で尋ねた。

「おう。なんだかよくわからないけど、ただの他人とは思えねぇ。特にあの小柄な男を見ていると無性にムラムラしてくる」

「相変わらずキモいな」

「うるせぇ」

そんな会話をしつつ、二人は盗み聞きを始めた。

「いらっしゃいませぇ。ご注文は何にしますか？」

「とりあえず生三杯で」

女性店員の質問に、空蟬が答えた。

「ありがとうございます。少々お待ちください」

そう言い残して店員は厨房のなかへと入っていく。

「ふふっ、楽しみです。だってあの瑠璃さんが顔を真っ赤にして倒れるかもしれないんですよ？」

「こいつ、さっきからずっと俺を馬鹿にしてきやがって」

瑠璃が眉間にしわを寄せた。

「俺はあんたに勝って必ずレベル上げのスポットを教えてもらう。ちゃんと約束は守ってくれよ？」

「お前もいつまで同じこと言ってんだ。しつこいぞ」

「……それにしてもここ、人が多いですね」

「酒場は深夜からが本番だからな。大体いつもこんな感じだ」

月のつぶやきに空蟬が返答した。

「そういえば金髪。お前慣れているみたいだけど、酒はよく飲むのか？」

「まあ、サードステージに入って以降は一度も飲んでいないが、昔はよくダンジョンの攻略を終えたあとに仲間と飲みにきていたものだ」

「そんなことをしていたからレベルが低いんだろ」

「うるさい！　あんたを基準にするな」

「でも実際、瑠璃さんは禁欲的すぎると思います。その年齢で大人っぽいことをした経験が全くないですよね？」

「それは月も同じだと思うけど」

「つまり私と瑠璃さんはお似合いってことですか」

「ああ。月は世界で一番俺にふさわしい女だ」

「おい、ダンジョンのなかならまだしも、公共の場でいちゃつくのは止めてくれ」と空蝉。

「なんだと？　公共の場が俺に合わせるべきだろ」

「何を言っているのか全然わかりませんよ、瑠璃さん」

とそこで、

「生ビール三つお待たせいたしましたー」

元気な声が聞こえたかと思えば、女性店員が机にジョッキを置いてくれた。

「追加の時はまた呼んでくださいね」

空蝉は店員に「ありがとう」と返し、二人のほうへ向き直る。

「……さて、始めようか。まずは全員一杯目からだ。最後まで残ったやつが勝ちという脱落方式でいいな？」

「なんで金髪が仕切っているのかは知らんが、まあいいだろう。上等だ」

「私、絶対瑠璃さんにだけは負けませんから！」

「それじゃあ……」

「「「乾杯‼」」」

三人は同時に生ビールを飲み始めた。

「ゴクッ、ゴクッ…………ぷはぁ。これが人生初のお酒ですかぁ？　おいしいれすぅ」

そう言いながら机に倒れる月。

「何やってんだお前」

「んふふぅ。瑠璃さんのばかぁ〜」

「アホか」

「まだまだ飲めますよぉ〜だ」

「どう見てもダウンしてるじゃねぇか。もうそこで寝てろ」

「逃げるんれすぅ？」

「お前と違って俺はもう飲み終えた」

「俺も終わったぞ。って、あんた早いな」

空蟬が瑠璃のほうを見て驚いたような表情を浮かべた。

「久しぶりに炭酸飲料を飲んだけど、正直魔物の血のほうが飲みやすいな」

「そうか？　俺は絶対こっちのほうが好きだ」

「…………むぅぅぅ。瑠璃さんに勝てましたぁ〜」

真っ赤な顔でそうつぶやく月。

瑠璃はそんな彼女を見て呆れたように、

「一人脱落だな」

「これからはあんたとの一騎打ちか。俺は男同士の勝負で負けるつもりはない」

「その意気込みは好きだぞ。……ま、精々頑張って世界最強を追い詰めてみるんだな」

「追い詰めるだけじゃ飽き足らない。捻り潰してやる。すみません！　生40杯追加で！」

「ええっ、40杯ですか!?　ありがとうございまぁーす！　少々お待ちください」

「世界最強を相手にするのに、一人20杯程度で足りるのか？」

瑠璃が平然と尋ねた。

「そういうセリフは飲み終えてから言ってくれ。普通は一人で十杯も飲めないだろうからな。ちなみに俺は余裕だ」

「お前が大丈夫なら俺もいけるだろ」

「言ってろ」

瑠璃たちの隣の席にて。

「おい。会話の内容からしてあの三人、確実にランキングトップの琥珀川瑠璃と鳳蝶月と空蟬終だろ。話しかけてこいよ」

そんな仲間の耳打ちに、鎧の男は首を左右に振る。

「……き、緊張して身体が動かねぇ」

「何やってんだ」

「仕方ねぇだろ。今までいるかどうかもわからないような尊い存在だと思っていたんだぞ。それがいざ間近にいると思うと……」

「いつもは強気なくせに、しょうがないやつだな」

「にしてもあの二人やばくないか？　もうどっちも20杯目だぞ」

「さすがランキングトップなだけあって、酒にも強いな」

「俺はどっちが勝つのか、最後まで見届けることにするぜ」

「あぁ、俺もだ」


「あんた本当に人間かよ。なんで20杯も飲んでおいて顔色が全く変わらないんだ？」

真っ赤な顔をした空蟬が辛そうに尋ねた。

瑠璃は涼しい顔で返答。

「知らん」

「全く、どういう身体の構造してんだよ。身体能力といい、到底人間とは思えないぞ」

「そう言うお前だって俺と同じ量を飲めてるじゃん」

「……ふぅ、正直もう限界だ。ギブアップ……する」

その言葉を最後に空蟬は机へと倒れた。

瑠璃は手に持っていた生ビールを飲み干し、女性店員に話しかける。

「これよりも強いお酒をもらえないか？　ちょっと自分の限界が知りたくなった」

「えぇー。あなたすごいですね！　わかりました。とびっきり強いお酒を持ってきます」

どうやら瑠璃はお酒が強いどころのレベルではないようだ。

酒豪である父親の血を引いているというのもあるが、過酷な環境でレベルを上げたり魔物を食らい続けた結果、身体の構造がおかしくなったのかもしれない。

なんせ毒針が腹に貫通した状態で笑いながら魔物と戦い続けていたほどだ。

今更アルコールごときでダウンするはずがなかった。

とその時、

「あ、あのぉ～」

巨大な鎧を着た男性がおそるおそる近づいてきた。

「なんだ？」

「あ、いえ……その……えぇっと、あなたがランキング第一位に君臨し続けている琥珀川瑠璃さんでいらっしゃいますでしょうか？」

「そうだが」

「やはりそうでしたか。……あの！　握手していただけませんか？」

「まあそれくらいなら」

そう言って瑠璃は手を差し出した。

鎧の男はすぐさま両手で握り返し、笑顔を浮かべる。

「おぉ、ありがとうございます！　この手は一生洗いません！」

「いや、汚いから洗えよ」

「実は昔からずっとあなたのファンで、最低でも毎日30回以上はあなたのレベルを確認し続けてきました。なので出会えて本当に光栄です。ちなみに興味本位で聞くのですが、あなたは秋葉原にダンジョンが出現したあの日からずっと、ダンジョンに潜り続けていたんですか？」

「まあな」

「……あ、ええっと、あまり長居しても邪魔になりそうなので、この辺で失礼します。今後も応援していますので、ダンジョン攻略、頑張ってください！」

「おう。ありがとな」

「も、もったいないお言葉です」

鎧の男は、いかつい顔に似合わず気持ちの悪い笑みを浮かべながら隣の机へと戻っていった。

そして仲間の男に向けてサムズアップをする。

「どうだ。かましてやったぜ」

「どこがだ。めちゃくちゃ下手《したて》に出てたじゃねぇか！」

「う、うるせぇ。尊い存在を前にしていつも通りでいられるわけねぇだろ」

「だったらかましてやったとか言うなよ」

「そんなことよりも、あの瑠璃に握手をしてもらえたぞ！　ぬふふ、俺はもう一生手を洗わねぇ」

「お前やっぱりキモいな」

「今度そのセリフを吐いたら殺すぞ？」

そんな会話をしつつ、二人は朝まで酒を飲み続けた。

隣に憧れの琥珀川瑠璃がいる状態で。


結局瑠璃は朝までお酒を飲み続けていた。

今現在もお店で一番強いお酒をがぶ飲みしている。

店内では酔い潰れた冒険者たちがたくさん寝ており、起きているのは瑠璃だけだ。

隣のおっさん二人組もついさっきようやく眠りについていた。

「なんかよくわからないけど、お酒って止まらなくなるな」

手に持っているのはアルコール度数50パーセントを超えるお酒なのだが、彼はまるでジュースでも飲むかのように進めていく。

「ピリッとした感覚と鼻に抜けるような風味が堪らない……」

とそこで、月が目を覚ました。

「ふぁー……あれ、ここは?」

「月、起きたか。ここは酒場だ」

「酒場……あっ、そういえば! 私たち飲み比べをしていましたよね? 結局私が勝ったんですか?」

「何ふざけたこと言ってんだ。もちろん俺が勝ったに決まってるだろ」

「え、でも……私100杯くらい飲んで瑠璃さんに勝ったような気がするんですけど」

「それは夢を見ていただけだと思うぞ。現実のお前は生ビールを一口飲んでぶっ倒れた」

「まさかそんな……。嘘でしょ?」

「本当だ。ちなみに俺は一晩中飲み続けていたけど、別になんともない。むしろ覚醒して元気が出てきた」

「いや、化け物じゃないですか……」

「さてと。さっそくだがフォースステージに向かおう。金髪がついてこないうちに出発したい」

そう言って瑠璃はその場に立ち上がる。

「そうですね」

「俺はこいつにレベル上げのスポットを教える気はない」

「あ、それってもしかして、あの白竜がいるオリハルコンの部屋のことですか？」

「よくわかったな。一度壊したダンジョンの罠が復活するのかどうかはわからないけど、もし復活しているなら効率がいいと思ってな」

「飲み比べで空蝉さんが負けたから教えないいんですか？」

「それもあるが。あそこに入れば絶対に何年間も出られない。きっとこうしてお酒を飲みながら楽しくやっていたほうがこいつのためにもなるだろ」

「……ふふっ、優しいんですね」

「単純に教えたくないからだ。さて、代金は机の上に置いておけばいいか」

そう言って瑠璃はアイテムボックスから金塊を20個ほど取り出した。

「そんなに置いていくんです？」

「久しぶりに楽しかったからな。これくらい安いものだ」

「私は全然記憶にないですけどね。でも楽しかったような気がします」

瑠璃は空蝉の肩を触り、小さい声で言う。

「金髪。あとで店員にこの金塊を渡しておけ」

「……うっ……なんで……も、強いんらよぉ」

空蟬は目を閉じたままそうつぶやいた。

「空蟬さん。短い間でしたけど楽しかったです」

「またな。空蟬」

そう言い残し、二人は歩き出す。

「あれ？ 今空蟬さんのこと名前で呼びました？」

「まあな。俺は気に入ったやつの名前はおぼえるんだ」

「じゃあ私がその一号ってことですよね？」

「おう」

「なんか特別な気がします」

「特別な気がするんじゃなくて、特別なんだよ」

「あっ……はい」

「それよりもお前。長いことぶっ倒れていたが、頭が痛かったり体調不良だったりしないか？」

「いえ、元気満々ですよ。瑠璃さんこそどのくらい飲んだのかは知りませんけど、本当に大丈夫なんですか？」

「結局生ビールが21杯と、店に置いてあるなかで一番強いお酒をずっと飲み続けながら月が起きるのを待っていたから、実際かなり飲んでいるはずなんだが、マジでなんともない」

「もしかすると瑠璃さんって世界一の酒豪なんじゃゃ……」

「だからいつも言ってるだろ？　俺は世界最強の男だって」

「ふふっ、じゃあ私は世界最強の女ですね」

月はにっこりと微笑んだ。

「いや、お前は違うだろ。お酒も一口目で倒れたし」

「なんでそういうことを言うんですかっ！　そこはいい感じに締めくくりましょうよ」

「月が世界最強である必要はない」

「むぅー」


「俺がお前を守るからな」


そう言って歩く速度を上げる瑠璃。

「……そんなのずるいですよ」

二人は酒場をあとにし、新しく出現していた階段を下りて転移用のクリスタルに触れた。


フォースステージ。

第一階層。


二人が目を開けると、そこはオリハルコンで構成された円形の部屋だった。

背後に転移用のクリスタルがあり、20メートルほど先の正面には巨大な扉。

なぜかうっすらと煙が充満している。

「なるほど。さすがフォースステージというだけあって、最初からこういう感じか……って、なんだこの煙？」

「……」

「ん？　月？」

いつものような返答がないことに疑問を抱き、瑠璃がそう問いかけると……彼女はなぜか眉間にしわを寄せて、

「気安く話しかけないでもらえます？」

「何を言って――」

「――鬱陶《うっとう》しいから死んでください」

放たれた高速のジャブを、瑠璃は身体を捻って躱《かわ》した。

「何やってんだお前。冗談にしてはたちが悪いな」

「ムカつくので口を開かないでください。臭《くさ》いです」

「……それ、面白いと思って言ってんのか？」

「黙れっ！」

放たれた月のハイキックを腕で受け止めつつ、瑠璃はじっと彼女を見つめる。

「……いつもの月なら絶対こんなこと言わないだろ。まさか、この煙のせいか？」

「前からずっとあなたのことが嫌いでした。もう我慢の限界です」

「俺はずっと好きだけどな」

「私は無理です。気持ち悪い」

「……月。あそこに扉があるし、さっさと先へ進むぞ」

「あなたと一緒だなんて考えられません。一人で行ってください」

「お前と一緒じゃないと行くわけないだろ」

「うるさい」

「ついてこないなら俺が連れて行くまでだ」

瑠璃はゆっくりと月に近づいていく。

「こないで！」

月の強烈な連撃が顔や胴体に命中するも、彼は足を止めない。

「キモい、近づくな！」

レベルが高いだけあって彼女の攻撃は相当な威力があり、鼻や口元から血が流れ始めた。

だが、瑠璃は止まらない。

「どっか行け、殺すぞ！」

「……」

瑠璃は優しく彼女を抱きしめた。

「っ、離せ！」

「……」

「離れろ!!」

「抱っこしてもいいか？」

「するなっ！」

「だめって言われてもするけど」

そう言って彼は、暴れる月を傷つけないようにゆっくりとお姫様抱っこした。

「やめろと言っている！」

月のパンチが瑠璃の目に直撃。

それでも彼は微笑んで、

「やめねぇよ。……お前が好きだから」

「──っ！　しつこい！」

「煙のせいか知らないけど俺もちょっとムカついてきた。二人ともおかしくなる前に早くここから出ような」

瑠璃は月をお姫様抱っこした状態で走り出す。

一秒後にはオリハルコンの扉の前に到着していた。

「あんたなんか嫌いです。こんなにひどいことばかり言っているのに、なんで怒らないの！」

「四次元の思考回路にたどり着いたらわかる」

そう返答して扉を蹴り飛ばす。

するとその先には、ものすごく長い通路が続いていた。

この部屋と同じく煙が充満している。

「何が四次元ですか、この馬鹿」

月の攻撃が顎《あご》に何度も命中していく。

瑠璃はゆっくりと走り出しながら、

「それ、わりと痛いからやめろよ。お前結構強いんだから」

「だったら逆にやめないでやるぅ!!」

月のパンチの威力が上がった。

「……やばいな」

突然そんなことをつぶやいたかと思えば、瑠璃は自分の唇を噛んだ。

数秒ほど遅れて大量の血が溢れてくる。

「何をしているんです？　あなた本当に馬鹿なんじゃないですか？」

「あぶねぇ。……くそっ、もう少しで月を潰すところだった」

「だったら早く殺してよ！　嫌いなあんたに抱っこされるくらいなら今すぐ死にたいっ」

「そんなこと言うなって」

奥へと進むにつれてどんどん煙が濃くなってくる。

「もうこんな苦痛嫌だ。殺してよ。あんたの力ならできるでしょ？」

「……無理だ」

「じゃあ私があんたを殺す――」

月が彼の首を摑もうとした直後、

「――なぁ、月」

突然瑠璃が腕に力を入れ始めた。

彼女の身体が軋む。

「い、痛いですぅ」

「チッ――くそぉ!!」

瑠璃は全力で横ステップを踏み、頭から壁に衝突。

オリハルコンの壁が破壊され、異空間の膜が現れた。

同時に瑠璃の頭から大量の血が流れ始める。

それでも足を止めることなく通路を進み続ける。

「何するんですか、このクソ野郎！」

「月、ごめん。……もう少しで、俺、お前を殺しそうになった」

「そのままやればよかったのに」

「するか馬鹿！」

「そっちのほうが馬鹿です！　血まみれで気持ち悪い顔して」

「逆に……お、お前の顔はかわいいな」

「かわいくなんてない！」

「おっ、階段が見えてきたぞ」

「ちゅっ。たどり着く前に殺してやります」

月は再び彼の首元に両手を伸ばし、勢いよく摑んだ。

「相変わらずお前の舌打ち、キモいな」

「うるさい」

「でもかわいいよ」

「黙れ」

「うっ…………月、もう少しだからな」

「死ねぇぇぇ!!」

月は全力で彼の首を潰そうと力を入れる。

さすがの瑠璃でもきついらしく、もう息ができていない。

「……」

「絶対殺す」

「……」

「あんたを先へは進ませない」

「……くっ」

瑠璃は苦しそうな表情をしつつも、階段を下りていく。


しばらくして。

突然月が両手を離し、目に涙を浮かべ始めた。

「……る、るりさん？」

「ゲホッ……はぁ、死ぬかと思った」

「……瑠璃、さん」

「おう、月。戻ったみたいだな。大丈夫か？」

「……ごめんなさい」

「なんだお前、おぼえているのか？」

「ずっと……意識がありました。どうしてか、瑠璃さんが憎くて……嫌いで」

「そっか」

「…………私、こんなにも瑠璃さんのことが好きなのに」

「俺も悪かったな。一度お前を潰しかけた」

「私がしたことに比べれば大したことありません。……壁にぶつけたその頭の傷、大丈夫なんですか？」

「全然痛くない」

「嘘ですね」

「正直月のパンチのほうが痛かったぞ」

「……本当にごめんなさい」

「大丈夫だって。むしろもっと強く殴ってくれてもよかったのに」

「何を言っているんですか」

「なんせ俺は世界最強――っ!?　ゲボッ」

いきなり瑠璃が横を向いて大量の血を吐いた。

「瑠璃さん!?」

「……なんとなくトマトジュースを吐きたい気分になった」

「その言いわけはさすがに無理がありますよ！　今すぐ私を下ろして横になってください」

「抱っこをやめるのは構わないが、別にこの程度なら休まなくても大丈夫だ」

そう言って瑠璃は彼女を地面へと下ろした。

「だめです。私が膝枕をしてあげますのでしばらく寝てください」

「月の膝枕は捨てがたいけど、魔物のいる階層へ移動するほうが先だろ。でないと食料と水分を確保できない」

「それはそうですが……次の階層には何が待っているかわからないんですよ？　第一階層ですらあれでしたから」

「実際、結構やばかったな」

「それにしても瑠璃さん、よく自我を保っていましたね。私なんてすぐにおかしくなりましたよ」

「俺は四次元の思考回路を持っているからな。当然だ」

「……なんか初めてその言葉に説得力を感じました」

「とにかく大丈夫だから」

それから30秒ほどの間が空き、

「…………瑠璃さん」

「なんだ？」

「改めて本当にごめんなさい。……暴言を吐いてしまったり、手を出してしまったり」

「気にすんな。俺はそんなところも全部含めて月が好きだから」

「……はい」

「さて、そうこうしているうちに扉が見えてきたぞ。次が第二階層か」

「私……次は絶対に足を引っ張りません！」

「仮に足手纏《まと》いになったとしても俺が助けてやるから安心しろ」

「いえ、いつまでも助けてもらってばかりでは嫌です。私だって瑠璃さんの役に立ちたいですから」

「なら期待している……頑張れ」

「任せてください！」

二人は扉を開けてなかへと入っていく。


第二階層。


先ほどと同じで、オリハルコンで構成された円形の部屋だった。

正面に大きな扉が見える。

「今回は煙は充満していないようだな」

「ということは強敵が出てくる感じでしょうか？」

「可能性はある」

「もし何か出てきたらとりあえず私が——」

喋っている途中で突然月が意識を失い、地面に倒れた。

「月!?　お前、どうし——」

彼女と同じようにして、瑠璃も意識を失った。

「月ちゃん、いつまで寝ているの？　早く起きなさい」

そんな声を聞き、鳳蝶月は目を覚ました。

ベッドのそばには白髪ショートボブの若い女性が立っている。

「あれ、お母さん？　ここは？」

「何を言っているの？　あなたの部屋じゃない。変な夢でも見ていたの？」

「あ……そっか。ここって私の部屋だよね。ちょっと頭がぼーっとしてた」

「さ、朝ごはんができているから早く下りていらっしゃい」

「うん！」

ピンク色のパジャマを着ている月はベッドから下り、まずは洗面所へと向かった。

彼女は朝食の前に歯磨きをするタイプなのだ。

「ふあぁぁぁ、今日はいつもよりたくさん寝たような気がする」

そう言いながら歯ブラシを手に取った瞬間、ふと鏡に映っている自分の姿に違和感をおぼえた。

「あれ？　私……小さくなった？」

ほっぺたを触ってみると、モチモチでぷにぷにしている。

なぜかはわからないけど、いつもより若返っているような。

小学四年生の見た目が記憶に当てはまらない感覚。

「まだ頭が寝ぼけているのかな？」

月は鏡の前まで近づき、自分の顔を凝視する。

「何か大事なことを忘れているような……」

胸のなかに感じるモヤモヤ。

いつもと変わらない日常のはずなのに、何かが違う気がした。

「ま、気のせいだよね」


歯磨きを終えたあと、月はリビングへ移動した。

もうすでに父親と母親が食事をしている。

「月ちゃん。早く食べないと置いていくわよ」

「えぇ、待ってよぉ」

月は椅子に座り、バターが塗ってある食パンと目玉焼きを食べ始める。

「月は今日、ショッピングモールで何を買うんだ？」

年のわりに若い見た目の父親が、コーヒーを飲みながらそう尋ねた。

「う〜ん。かわいい服と、あとはライトノベルの新作が欲しい」

「そうか。……じゃあ父さんと母さんは一緒にキャンピング用品でも見に行ってみるかな」

「えっ、キャンプ用品？」

「近いうちにキャンプへ行こうと思っているんだ」

「ほんと!? 私一度行ってみたかったのっ！」

「ふふっ。月ちゃんは何にでも興味があるのね。最近はずっと読書にハマっているし」と母親。

「人生楽しんだ者勝ちだからね。私は好きなことをして生きていくの」

「楽しむのは構わないが、きちんと勉強もするんだぞ？」

「わかってるよぉ……。私それなりに成績いいんだから」

そんな温かい雰囲気のまま、朝食の時間は続いていった。


自動車に乗って大型ショッピングモールへとやってきた鳳蝶一家は、三人横に並んで通路を歩いていた。

左右にはいろんなジャンルの店舗が並んでおり、休日ということもあってかなりの人混みだ。

「それじゃあ家で言った通り、父さんと母さんはキャンピング用品を見に行くから、買い物が終わったら父さんたちのところにくるんだぞ？」

「うん、わかった」

「月ちゃん、またあとでね」

「は～い！」

元気よく返事をして、月は書店へと入っていく。

ライトノベルの新作コーナーにて。

「新しいの、出てるかな」

そうつぶやきつつ緑色の本に目を通していき、今読んでいるシリーズを探していく。

三巻は……まだないようだ。

「あぁー。やり直すために主人公が崖から飛び降りたあとの展開がどうなるのか、すごく気になるのにぃ……」

彼女は落胆したように肩を落とす。

「仕方ないから別のを買って帰ろっと」

そう決めて、他の文庫本のタイトルを一瞥《いちべつ》していく。

だが大抵読んだことのあるタイトルばかりで月の目に留まる物はなく、やがてひと回り大きなサイズの大判コーナーへと差しかかった時。

ふと興味のあるタイトルが視界に入ってきた。

【ダンジョンでただひたすらレベルを上げ続ける少年】

「あれ？　これ……どこかで見たような」

初めて見るはずなのに、知っている気がする。

ＣＭか何かで目にしたのだろうか。

「ううん、違う」

見おぼえがないにもかかわらず、その本は不思議と月の興味を引いた。

手に取り、表紙のイラストをじっと見つめる。

「この白髪のヒロイン、なんか私に似てる気がする……って、あれ？　この黒髪の少年……本当にどこで見たんだろう」

好きで、大好きで……ずっと隣にいたような。

「あれ？　私――」

月が何かを思い出そうとした瞬間、

「月ちゃん。まだ本を見ていたの？」

「月。父さんたちと一緒にキャンピング用品を見に行こう。本屋はまた帰りに寄ったらいいじゃないか」

突然背後に両親が現れた。

「ひゃっ!?　ふ、二人とも……いつの間に？」

反射的に本を棚に戻す月。

「うふふ。ちょっと驚かせたくて、いきなり現れてみたの」

母親が微笑みながら言った。

「もう、やめてよ！　心臓に悪いし」

「ははっ、やっぱり月はかわいいな」

「は、恥ずかしいから人前でそういうこと言わないで」

「さあ月、行くぞ」

そう言って父親は月の手を握る。

「待って。私この本買いたい」

「だめよ!!」

「だめだ!!」

両親が揃って大声を上げた。

「えっ……なんで？」

「月がこんな物とかかわる必要はない」

月は怯えたような表情をしつつも、

「でも私、ライトノベルが好きだし」

「だったら別の本にしなさい。面白そうな本なら他にいくらでもあるだろう」

「…………今日のお父さん、なんか変」

「何を言っているの？　お父さんはいつも通りよ」

母親が父親を擁護するように言った。

「いつものお父さんなら絶対そんなこと言わないもん……。じゃあどうして買ったらだめなのか教えてよ」

「ダメなものはダメだ。ほら、早くきなさい」

父親は月の手を強く引っ張った。

彼女は反射的に腕を振りほどき、

「やめてっ！」

「な、月!?　お前……父さんに向かって何をするんだ！」

「どうしたのよ月ちゃん。さぁ、今すぐお父さんに謝りなさい」

「二人ともさっきからおかしいよ。どうしちゃったの？」

月が尋ねると、二人の表情が徐々に冷たくて暗いものに変わっていく。

「変なのは月だ」

「そうよ、あなたが変なのよ」

「わ、私が？　なんで？」

「月は父さんたちの言う通りにしていればいい。そうすればずっと幸せに暮らしていけるんだ」

「これから毎日一緒に朝ご飯を食べて、一緒に遊んで、一緒の家で眠りにつきましょう。……永遠に」

「………………あなたたち、誰？」

「父さんだ」

「お母さんよ」

「絶対に違う！」

彼女はそう叫んで再び本を手に取り、表紙のイラストをじっと見つめる。


「「それを見るなぁ!!」」


両親が同時に月へと飛びかかった。

彼女はバックステップを踏んで避けつつ、何かを思い出そうと必死に頭を動かす。

「……って、あれ？　私ってこんなに身体能力が高かったっけ？」

月の体育の成績は、ずば抜けてよかったわけではない。

あくまで平均的な女の子。

つまり、これだけ動けるのはおかしい。

そしてなにより、自分の反射神経のよさに驚いた。

「言うことを聞けない子はお仕置きしないとな」

「優しく地獄に送ってあげるわね」

両親は怖い顔でゆっくりと月に近づいていく。

「こ、こないで」

いつの間にか、この空間は本屋ではなくなっていた。

真っ暗で何もない場所。

だが、月が持っている本だけはなぜか光り輝いている。

「さぁ、早くおいで」

「逃げなくてもいいのよ？　月ちゃん」

「た……助けて」

「どれだけ逃げても状況は変わらないぞ？」

「ここはあなたとお母さんたちだけが住む世界なんだから」

「助けてくださいっ！　瑠璃さぁぁぁん!!」

自分でもよくわからないままそう叫んだ瞬間、彼女は全てを思い出した。

両親がもうこの世にはいないということ。

本当の自分は29歳であり、つい先ほどフォースステージの第二階層にたどり着き、突然意識が遠のいていったこと。

そして、ずっと一緒にいた大好きな琥珀川瑠璃のこと。


視界が真っ白に輝き始める。

「戻れるんですね……」


「瑠璃、そろそろ起きないと学校に遅れるわよ」

妙に懐かしい女性の声を聞いて、中学生の瑠璃は目を覚ました。

見慣れた自室の天井。

「いや、今まで俺……ダンジョンにいなかったか？」

「何を言っているの？　朝ごはんが冷めるから早くリビングにきなさい」

比較的若く見える女性が、瑠璃に向かって言った。

「誰だお前？」

「誰って……瑠璃のお母さんじゃない。変な夢でも見ていたの？」

「ここはどこだ？　月はどこにいる」

「ここは家だし、月？　なんて子は聞いたことがないわ」

「……」

「ほら、いつまでもベッドにいるから夢と現実がごちゃ混ぜになるのよ。洗面所で顔でも洗ってきなさい。もうお父さんもリビングでご飯を食べているわよ」

そう言って部屋をあとにする母親。

瑠璃はパンツ一丁のままとりあえずベッドから下り、二、三回程度軽くジャンプをする。

更に力を抜いたシャドーボクシングを十秒ほどやったところで、納得したように頷いた。

「さっき学校に遅れるとか言われたけど、学生時代にここまで身体能力が高いわけないだろ」

瑠璃は窓から外を見つめる。

あの頃と変わらない街の景色。

「要するにここは、ダンジョンに見せられている幻覚ってわけだ」

その瞬間、視界が真っ白に輝き始めた。

瑠璃と月は同時に目を覚ました。

「……やっぱりか」

「あれ？　……瑠璃さん？」

「月も今、目が覚めたのか？」

「はい。めちゃくちゃ怖かったです」

「ん？　怖かった？」

「子どもの頃の自分に戻っていて、ずっと違和感はあったんですけど、両親が私に元の記憶を思い出させないようにしてきてたんです」

「えっ？」

「俺はベッドで目覚めた瞬間に気づいたけどな」

「多分30秒も経たないうちに戻ってこられたぞ」

「私は何時間もかかりました……。起きて歯磨きをして、朝ごはんを食べて、買い物に行って」

「なのに現実に戻ってくるタイミングは一緒だったんだな」

「そうみたいですね」

「とにかく月が無事でよかった」

「はぁ……本当にこのダンジョン性格が悪いです。ムカつきます！」

そう言って頬を膨らませる月。

「かわいい顔もその辺にしとかないと、キスするぞ？」

「……いいですよ？」

「恥ずかしいから嫌だ。よし、先に進むとしよう」

瑠璃は立ち上がり、扉に向かって歩き出した。

「する気がないなら最初から言わないでください！」

「したいけど、やったら止まらなくなりそうなんだよ。だからまた今度な」

「……はい」

そんなやり取りをしつつ、二人は奥へと進む。


扉を開けると、長い通路が待ち受けていた。

「第一階層と同じ構造か」

「そういえば、今回は床を壊して進もうとしませんね？」

「第一階層の壁の向こうに膜があったことから、階層全体が異空間になっていることは想像がつくし、それを壊すとどうなるかわからないからな」

「意外と慎重なんですね」

「俺一人ならむしろやりたいけど、お前を危険にさらすような真似はしたくない」

「あ、ありがとうございます」

瑠璃は「よしよし」と彼女の頭を撫でた。

「ひゃっ、いきなりどうしたんですか？」

「かわいいなぁと思って」

「……えっと、突然そういう男らしい感じを出すのやめません？　なんというか我慢できなくなります」

「じゃあ頑張って我慢していろ」

「なんでですかっ!?」

瑠璃はそれから数秒ほど間を空けて、

「そういえば月ってずっとかわいいよな」

「改まってどうしました？」

「もう出会ってかなり経つのに、見た目が全然変わってないような気がする」

「それを言ったら瑠璃さんもですよ。なんでそんなに子どもっぽい見た目を維持できるんですか？」

「それは…………魔物の血とか生肉をそのまま食べているからじゃないか？」

「そんなことありますかね？」

「知らないけど、それ以外に思い当たらない」

「確かにそう言われたら、美容にいいような気がしなくもありませんが……」

事実、瑠璃と月の推測は当たっていた。

魔物の血や生肉には美容にいい成分が大量に含まれているため、普通よりも若い見た目でい続けることができる。その代わりに脱水症状などの体調不良を起こしやすいのだが、レベルが高い人間には関係がない。

しかし、年を取らないというわけではなく、身体の内部は一般人と同様、年を重ねるごとに老化していくし、寿命が延びるわけでもない。

「私はともかく瑠璃さんが年齢以上に若いことから、その可能性は高そうです」

「俺はともかく月がかわいすぎるから、その可能性は高そうだ」

二人は仲良く会話をしながら階段を下りていく。

Chapter 4-3

第三階層。

再びオリハルコンで構成された円形の部屋だった。

部屋の中心に転移用のクリスタルがあり、他に扉のような物はない。

「もう最後か？」

「サードステージの最下層と同じ造りですし、その可能性はありますね」

「じゃあさっさと終わらせて次のステージに進もう」

「はい」

瑠璃と月は同時にクリスタルへと触れた。

月が転移させられた先は、出口のないオリハルコンの部屋だった。

円形で、狭い決闘場のような造りになっている。

「また瑠璃さんがいません……」

彼女は不安そうな表情で辺りを見渡しつつ、

「むぅぅぅ。このダンジョンうざいです」

とその時、部屋の中心に突然何者かが現れた。


年のわりに若く見える男性。


「誰ですか――って、お父さん!?」

「おぉ、月。久しぶりだな。20年ぶりくらいか？」

「……またダンジョンの仕業ですか？」

「何を言っているんだ？　さぁ、早くこっちにおいで。久しぶりに一緒に遊んでやろう」

「勝手にお父さんの真似をしないでください！」

そう叫びながら、月は父親の頬を殴った。

「――うっ!?」

彼は吹っ飛んで壁へと衝突し、光の粒子になって消えていく。

続けるようにして、部屋の中心に白髪ショートボブの若い女性が現れた。

今度は月の母親だ。

「本当になんなんですか」

「月ちゃん。あの日……あなたに内緒でダンジョンに行っちゃってごめんね」

「……はい？」

「でも。お父さんと二人で相談して、キラキラ光る物が大好きな月ちゃんに、誕生日プレゼントとしてお宝を渡したらきっと喜ぶからって。それでダンジョンに潜っちゃったの。その結果、二人とも魔物に殺され――」

「――それ以上言わないでください！　……私は別にそんな物、望んでなんかいなかったのに」

「本当にごめんなさい」

申しわけなさそうに頭を下げる彼女の目には、涙が浮かんでいる。

「私はただお父さんとお母さんが帰ってくれれば、それでよかったんだよ？」

「もう遅いかもしれないけど、反省しているの。……だから一緒になりましょう。今からでも」

「何を言っているの？」

「ほら、早くこっちにおいで」

そう言いながら、母親は手招きをする。

「……嫌」

「どうして？」

「あなたは本物のお母さんなんかじゃありませんから」

「本物よ。月ちゃんとの記憶があるもの」

「そうかもしれませんが、お母さんはもう死んでこの世にはいないんです！」

「そんな、悲しいこと……言わないでよ」

母親がぽろぽろと涙を流し始めた。

「正体はわかりませんが、その見た目で泣かないでください。私まで辛くなるので」

「月ちゃん。……お母さんとお父さんは、あなたにも天国へきてほしいの。夢のような楽園で好きなことをしながら一緒に暮らしましょ。永遠に」

「本物のお母さんは絶対そんなこと言いません。……に、偽物は消えてください！」

月は目を瞑《つむ》って母親を殴った。

「!?　月ちゃ――」

彼女は光の粒子になって消滅。


数秒後。

月はゆっくりと目を開けて母親の姿がないことを確認し、悲しそうな表情を浮かべる。

実際に対面したことによって過去の記憶が蘇ってきたのだ。

もし昔の自分が今くらい強ければ二人を守れたかもしれない。

そんなことを思いながら唇を噛み締めていると、正面に一人の男性が現れた。

小柄で決して強そうには見えないが、顔以外の首元や腕、下半身などにたくさんの傷跡がある。

月が世界で一番好きな人――琥珀川瑠璃だ。

「おう、月。さっきぶり」

「瑠璃さん……どうしてここにいるんですか？　また偽物ですか？」

「四次元の思考回路にたどり着けばわかる」

「ちゃんと答えを言ってください」

「それについてはいったん永遠に置いておこう。さぁ、こっちにこい」

「……」

月が動く様子はない。

「俺はずっと月のそばにいたい」

「それは私もです」

「だったら――」

「――けどその相手は、偽物の瑠璃さんではありません」

「偽物？　何言ってんだお前。俺が偽物なわけないだろ」

「じゃあ、あなたが私のところまできてください」

「…………」

「今までのお父さんとお母さんの時もそうでしたけど、そこから動けないんですか？」

「そんなことはない」

「だったら動いたらどうです？」

「四次元の思考回路にたどり着くことができれば、俺が動かない理由がわかる」

「そこに向かう気はありません。四次元は世界最強の瑠璃さんにだけふさわしい場所ですから」

「まあな」

「……よし、決めました。今から本気でぶん殴りますね」

「何？」

「本物であれば私のパンチ程度、余裕だと思います」

「おい。ちょっと待て」


「——必殺、全力パンチィ!!」


月の拳が顔面に直撃した。

「る……な……」

彼は光の粒子になって消えていく。

同時に月の視界が真っ白に輝き始めた。


一方、瑠璃も出口のないオリハルコンの部屋に転移させられていた。

月と同じく、円形で狭い決闘場のような場所だ。

「月？」

瑠璃はイラついた表情で周囲を見渡す。

「……チッ、俺と月を引き離すとは、このダンジョンは本当にいい度胸をしているな」

とそこで、部屋の中心に顎髭《あごひげ》を生やしたいかつい顔の男性が現れた。

「おう瑠璃。久しぶりだな」

「なるほど、偽物の父さんか」

そう言いながら瑠璃は拳を構える。

「お、おい！　ちょっと待て！」

「じゃあな」

「ま――」

繰り出したパンチの風圧によって、瑠璃の父親が光の粒子になって消えていく。

続けて部屋の中心に細身の女性が出現。

「瑠璃。元気にして――」

話が終わる前に再び拳を繰り出すと、母親が光の粒子になって消えていった。

「もうフォースステージの小細工は飽きた」

最後に現れたのは、白髪ロングヘアーの小柄な女性。

全体的にふわふわしていて、かわいい見た目をしている。

「さっさと消え――っ!?　……くそ」

瑠璃は途中で拳を止めた。

「瑠璃さん。どうしてそんなに睨むんですか？　……怖いですよぉ」

「マジでムカつくダンジョンだな」

「はい、本当にムカつきますよね」

「ちなみに聞くが、お前は偽物か？」

「あなたに嘘をついても通じない気がするので、本当のことを言いますが……私は偽物です」

「そうか」

「ですが、瑠璃さんにこの身体を傷つけることができますか？」

「できるぞ」

「えっ……」

「俺にとって大切な女は、この世でたった一人しかいないからな」

「ですから、私がその大切な女なんですよ？」

「見た目や中身が同じであろうと関係ない」

「？　人間の判断材料は、見た目と中身が全てだと思いますが……」

「はぁ……。本物の月ならもう少し四次元に近い発想ができるぞ？」

「何を言っているんです？」

「というわけで消え失せろ、偽物」

「ちょ――」

瑠璃のパンチによって、月が消滅した。

「……ま、かなり手加減していたし、本物の月ならこの程度で死なないんだけどな」

瑠璃の視界が真っ白に輝き始める。

Chapter 4-4

第四階層。

二人が目を開けると、そこには草原が広がっていた。

遠くに巨大な湖と森が見える。

「あー、やっぱり本物はかわいさのレベルが違うなー」

瑠璃が隣の月を見つめながらつぶやいた。

「瑠璃さんこそ、本物のほうが断然かっこいいし強そうです」

「ん？　ということは、そっちも俺の姿をした偽物が出てきたのか？」

「はい。見た目だけじゃなくて四次元の思考回路がどうのこうの言っていたので、かなり似てました」

「で、ここにいるということは……倒したのか？」

「もちろんです。本気でぶん殴ってやりました！」

そう言って微笑む月。

「さすがは俺が認めた女だな」

「だって本物であれば、私の攻撃程度で死んだりしませんからね」

「まあな」

「逆に瑠璃さんこそ、私に攻撃したんですか？」

「一応本物の月が死なない程度の力で殴った」

「…………」

「ん？　なんだその微妙そうな表情は」

「……できれば殴らないでほしかったです。瑠璃さんであれば部屋そのものを壊したり、得意の四次元の思考回路を駆使してどうにかできたでしょ？」

「いや、月を騙《かた》っている偽物をそのままにするわけないだろ。お前は一人で充分だ」

「それは……ありがとうございます」

「とにかく俺はもう頭にきた。次に小細工を仕掛けてきやがったら、フォースステージそのものをぶっ壊す」

「あーあ。とうとう瑠璃さんにスイッチが入りましたよぉ」

「……それにしても、急に雰囲気が変わったよな」

周囲を見渡しながら瑠璃がつぶやいた。


真っ赤な双眼の黒い狼。

漆黒のフードを被ったリザードマン。

オリハルコンの斧を装備している紫色の鬼。

それらの強そうな魔物たちが草原の上を徘徊《はいかい》している。

「上の三階層は全部異質でしたからね。草原が視界に入った瞬間、正直ちょっと安心しました」

「湖もあるし、魔物もいる。まるで天国みたいなところだな」

「ですが、その……上へ戻るための階段や転移石が見当たらないことに関してはどう思います？」

そう言われて瑠璃は後ろを振り向く。

「あー、確かにないな。でも大丈夫だろ」

「軽いですね」

「魔物がいる時点で食料に困ることはないし、そもそも俺たちに帰り道なんて必要ない」

「はい、ただひたすら進み続けるだけですから」

「そうだな……って、おい！　それ、俺が言おうと思っていたセリフだぞ！　横取りすんな」

「ふふんっ。言った者勝ちですよぉ～」

「はぁ……。で、これからどうする？　次の階層に直行してもいいけど、とりあえず食事にするか？」

「私はどちらかというと喉が渇いているので、まずは水分補給がしたいです」

「わかる！　俺も朝まで酒を飲んでいたせいか、めちゃくちゃ喉がカラカラなんだよな」

「それは自業自得ですよ」

そんな会話をしつつ、二人は湖に向かって走り出す。

魔物たちが行く手を遮ってくるものの、瑠璃の一撃によって次々と倒されていく。

フォースステージの敵とはいえ、白竜や獣人のようなぶっ壊れたステータスの魔物に比べるとやはり劣るようで、いくら倒しても二人のレベルが上がる様子はない。

その後、湖での水分補給と魔物の肉による食事を済ませた二人は、森へと移動した。


不規則に並んでいる木々。

それらの葉っぱが太陽光の侵入を妨げており、妙に薄暗い。

しわの多い木の根っこが至るところでむき出しになっている。

「そういえば、この階層は異空間とは違うみたいですけど、穴を掘って進まないんですか？」

「なんというか、普通に階段を探したほうが効率がいいような気がするんだよな。あくまで勘だけどさ」

「……まあ確かに、フォースステージは何かおかしいですもんね。普通に攻略するのが一番かもしれません」

「ああ」

瑠璃が短くそう返答した直後、

「キィィィ!!」

木の上から黄色のチンパンジーが襲《おそ》いかかってきた。

所々に紫の斑点があり、見た目がかなり気持ち悪い。

「キモいから近寄るな！」

瑠璃の拳の風圧により、相手は空中で爆発した。

「なんかこうして見ていると、魔法を使って倒したかのように見えますね」

「正解だ、よくわかったな。実は俺の拳には風の精霊が宿っている」

「はい？」

「だからパンチをすると勝手に風の力を乗せてくれるんだ。いわゆる精霊魔法というやつだな」

「何を言っているんです？」

「まあ月は精霊に愛されていないみたいだし、力を貸してもらえなくても当然と言えば当然だが」

「いやいや！　瑠璃さんのは確実に力ずくですからね？　今更そんな設定をつけ加えるのは無理がありますよ？」

「設定じゃなくてガチだから」

「それを言ったら私の拳にも一応精霊は宿っています」

「でも威力が俺とは明らかに違うだろ？　俺の拳に宿っているのは普通のやつじゃなくて精霊王だからな。どのくらい前だったか、いきなり俺の前に現れて、ぜひ力を分け与えさせてくださいってお願いしてきたんだ」

「けど私にも精霊の女王が宿っているので、瑠璃さんとほぼ同ランクのはずです」

「じゃあ試しにやってみろ」

「わかりました。瑠璃さんと同じくらい綺麗に殺してみせますので、目をかっぽじってよく見ていてください」

「いや、失明するから」

「瑠璃さんなら大丈夫ですよ！」

「無茶言うな」

「あっ、あそこでウロチョロしている赤色のゴリラを倒しますね？」

そう言って、月は本気で空中を殴った。

風の塊がものすごい速度で相手の元へと飛んでいき、ピンポイントで命中。

一瞬にしてゴリラの胴体が破裂した。

血が飛び散り、頭部と四肢が地面へと崩れ落ちる。

「汚い殺し方だな」

「遠かったので仕方ないですよ」

「俺だったらどんなに遠くても綺麗に殺《や》れる。……見ていろ」

瑠璃が真顔で空中を殴った瞬間、

——進行方向上の森が消し飛んだ。


一瞬にして巨大な土の道が出来上がり、月の頭上からレベルアップの音が響く。

「な、何してるんですか⁉　魔物だけでなく、それ以外の物まで全部消えましたよ⁉」

「どうだ。月の精霊魔法よりも綺麗だろ？」

「はぁ……。瑠璃さんに対抗しようとした私が間違っていました」

「けど月もいい線いってたと思うぞ。魔法だと言われたら普通に納得するしな」

「私は逆に瑠璃さんのパンチが魔法だと言われても納得できません。ここまでいくともう災害ですよ」

「だが、綺麗に殺すかどうかの勝負については俺の勝ちだ。文句はないな？」

「それに関しては全く文句ないです」

人外な遊びを行いつつも、二人は階段を探して次の階層へと進んでいった。

Chapter 4-5

第五階層。

一、二、三階層目と同じく、オリハルコンで構成された円形の部屋。
正面に大きな扉がある。

造りは全く同じだが、今までとは明らかに異なるもの。


なぜか大量のスライムが生息していた。


透明な水色で、小さいスライムと、大きいスライムと、羽が生えたスライムの三種類がいる。

「なんだこいつら」

「部屋の色とほとんど同じなので……オリハルコンのスライムとかでしょうか？」

「とりあえず一体倒してみよう」

そう言って瑠璃は近くにいた小さいスライムを瞬殺。

直後、二人の頭上からレベルアップの音が響いた。

「あれ？　私、ついさっきレベルが上がったばかりなんですけど」

「……」

「ということは、獲得経験値がすごいんじゃないんですか？」

「……」

「ん、瑠璃さん？　……って、めっちゃ嬉しそうですね!?」

彼は鬼のような笑みを浮かべていた。

「月、部屋を壊さない程度に暴れるぞ」

「は、はい！」

二人はさっそくオリハルコンのスライムを倒し始める。

その様子は、まさに蹂躙と呼ぶにふさわしかった。


一時間後。

「なぁ、月」

「なんでしょう？」

「ここって確実に今までで一番レベル上げの効率がいいよな？」

「間違いないですね」

「倒すたびに光の粒子になって消えていくおかげで死体が溜まることはないし、すぐに新しいスライムも出現するみたいだ」

「なにより、レベルの上がり方が半端じゃないです！」

瑠璃は羽の生えたスライムたちを殴りつつ、

「というわけだから、しばらくの間ここでレベル上げをしよう。俺の気が済むまでは絶対に離れないからな？」

「はぁ……。また何年も先に進めないような気がしてきました」

「さすがにこんな恵まれた環境はもう二度とないだろ」

「ま、私もレベルが上がるのは嬉しいので、構いませんけどね」

「よし、二人で協力して頑張るぞ」

「おぉー！」

ここはいわゆるボーナスステージのようなところだった。

オリハルコンを破壊できる力さえあれば、誰でも効率よくレベルを上げることができ、一気に強くなれる。

そのオリハルコンを壊せるほどの攻撃力を持っている者がかなり限られるため、現状ここでまともにレベリングを行えるのは瑠璃と月の二人だけなのだが。

ちなみに一番小さいサイズのスライムですら白竜の何十倍も経験値を持っており、他二種類はそれ以上だ。

加えて、倒していくごとに新しいスライムが無限に湧き続けるため、レベル上げが趣味の瑠璃にとってはこれ以上ない楽園だった。

二人は会話をしつつも、楽しそうにオリハルコンのスライムを狩り続ける。

腹が減ったらひとつ上の階層へと戻って魔物の肉を食らい、眠たくなったらそのまま眠りにつく。

それから三年後。

オリハルコンのスライムが無限に湧く円形の部屋にて。

37歳となった瑠璃は床に座った状態でじっとステータス画面を見つめていた。

彼にしては珍しく、覇気のない顔だ。

そんな瑠璃の様子に疑問を抱いた月が、戦闘をやめて彼の元に近づいていく。

「瑠璃さん、どうしたんですか?」

「……」

「あのぉー」

「レベルがカンストした」

「……え？」

「さっきからレベルが上がらないなと思ってステータスを確認してみたら、一億になる手前で止まってやがった」

「あ……おめでとうございます」

「月。お前にこの指輪やるよ」

そう言って瑠璃は、獲得経験値が二倍になる破戒の指輪を差し出す。

「いいんですか？」

「もう俺には必要ないからな」

「確かにそうですね。じゃあ、ありがたくいただいておきます」

「………………」

「……落ち込んでます？」

彼女が指輪をはめている間も、瑠璃はじっとステータス画面を見つめていた。

「わかるか？」

「何年も一緒にいますからね」

「……どんなに魔物を倒してもこれ以上強くならないって思ったらさ、なんか力が抜けた」

「まあそれは、ちょっとわかるような気がします」

「とりあえずしばらくはステータスを割り振ったりしているから、月はレベル上げを続けていればいいぞ」

「……」

「あ、パーティーを解散したほうが獲得経験値が半分にならなくて済むな」

「いえ、パーティーは組んだままでいいです」

「でも効率が悪いだろ」

月は彼の横に座り、

「もうレベル上げはやめましょう。瑠璃さんの落ち込んだ顔を見ていたら、私も力が抜けました」

「悪いな」

「いえいえ」

「さてと……せっかくだしバランスよく振っておくか」

そうつぶやき、瑠璃は貯まっていた大量のステータスポイントを全て消費した。

「ちなみにレベルがカウンターストップしたわけですけど、新しいスキルが増えたりとかしてないんですか？」

「……なるほど。その可能性があったか」

「私もよくわかりませんが、あってもおかしくないような気がします」

「スキルポイントを割り振る前に言ってくれてありがとな。もう少しで全部【ＨＰアップ】につぎ込むところだったぞ」

瑠璃はスキル一覧をゆっくりとスクロールしていく。

「これでもし増えていなくても、私のせいにしないでくださいよ？」

「いや、する予定だ」

「なんでですかっ!?」

「だって期待したあとに落とされるのって、めちゃくちゃダメージが大きいし」

「それで言えば、あとから気づいて後悔するほうが嫌だと思いますけど」

「……確かに。月にしてはいいことを言う」

「私は生まれてから、いいこと以外言ったこと――」

「――あった！」

「えっ？」

「スキル」

「……あ、本当ですね！」と画面を覗き込む月。

項目の最後には、まぎれもなく新しいスキルが存在していた。

【弱者の意地：逆境になるほどステータスがアップする】

「今までこんなのはなかったと思うぞ」

「はい。私も暗記するほどスキル一覧を見ているのでわかりますけど、これは確実になかったです」

求めていたものが見つかった。

なのに、瑠璃はなぜか浮かない顔をしている。

「……にしても、気に食わないな」

「？」

「レベルが一億近くにならないと習得できないようなスキルの名称に、普通【弱者】なんて使うか？」

「そう言われたら……この弱者ってどの立場の人が言っているんでしょう」

瑠璃は顎に手を当てて、

「やっぱりダンジョンやレベルシステムを創ったやつがどこかにいるってことだろうな」

「なんかムカつきます。絶対に私たちを見下していますよね？」

「ああ」

「ですが、たとえダンジョンを創った人だろうと、瑠璃さんが負けるとは思えません」

「まあ負ける気はないが、ちょっと不安なのも事実だよな」

「……え、今なんて？」

「俺は世界最強で四次元の思考回路を持っているが、理《ことわり》から外れたやつと戦った場合、勝利を収めるのはまず不可能だろうし、五次元以上の思考回路にたどり着ける自信もない」

「そもそも四次元の思考回路なんて存在しないんですけど。……ともかく、瑠璃さんが弱気な発言をするなんて珍しいですね」

「無謀と勇敢は違うからな」

「……瑠璃さんは今までずっと無謀な生き方をしていたと思いますが」

「傍からは無謀に見えていたかもしれないが、一応俺のなかで成功するっていうビジョンが浮かんでいたんだよ。……でも、今回は全く想像できない」

「あー、なるほど」

「まあ実際ダンジョンを創ったやつがいると決まったわけじゃないし、会ってみるまではわからないんだけどな」

そう言いながら瑠璃はスキルポイントを全て割り振っていく。

どうやら【弱者の意地】には1ポイントしか振れないらしく、余った残りの全ては【HPアップ】につぎ込んだ。

「あの、もしですよ？」

「なんだ？」

「もしこのフォースステージをクリアしたあと、もう次のダンジョンが出てこなかった場合、瑠璃さんはどうするんですか？」

「その可能性もあるといえばあるんだよな。……もしそうなったら結婚式を挙げて、月と一緒に幸せで平凡な生活を送りたい」

「へぇ、意外ですね。瑠璃さんのことですから、引き続きダンジョンを創った人を探したり、危ないことに挑戦し続けるのかと思ってました」

彼女の言葉に瑠璃は首を傾げる。

「う～ん、俺も年かな。若い時に比べてそういう欲が少なくなってきたんだよ。特についさっきレベルがカンストした瞬間、大きな目標がなくなったような気がして、少しの間生きる意味を見失っていた」

「……なんというか、さっきからずっと瑠璃さんっぽくないです」

「心配をかけてすまん。だけどここ最近自分の価値観が変わってきている自覚はある。昔は満身創痍で死にかけの状態からようやくスタートって感じだったけど、今は半殺しの状態からスタートのレベルまで落ち着いてきた」

「いやそれ、充分やばい人ですから」

「ま、ダンジョンを創ったやつに会うという最大の目標がある限り、俺が止まることはないから安心しろ」

「ならよかったです」

「それにしても。自分で言うのもあれだが、改めてすごいステータスだよな」

瑠璃は再びステータス画面に目をやる。

【琥珀川《こはくがわ》　瑠璃《るり》　男
ＬＶ９９９９９９９９

ＨＰ　１１００００００３３０
ＭＰ　１００
攻撃力　１５０００００００００
防御力　２００００００００
素早さ　２００００００００
賢さ　１００
幸運　１００

『所持スキル一覧』
ＨＰアップＬＶ２９９９９９７
攻撃力アップＬＶ７００００００
弱者の意地ＬＶ１】

「本当にやばいですね。魔女王さんから奪ったステータスが二倍になる指輪を装備しているので、余計にですよ」

「これを見たら全ての王になったような気分になる」

「全ての王……ですか？」

「ああ。異世界に転生したチート野郎だろうが、神だろうが、余裕でボコれる気しかしない」

「ふふっ、間違いないですね」

「さてと……。月がレベル上げをしたいって言うなら、一時間くらいであれば手伝うけど、どうする？」

「全然手伝う気ないじゃないですか！　まあ、レベル上げはもういいので先に進みましょう」

「それはありがたい」

瑠璃と月は立ち上がり、歩き出す。

Chapter 4-6

二人が階段を下りていくと、再びオリハルコンで造られた円形の部屋にたどり着いた。

先へと進む扉が見当たらない。

「ん？　もう最下層か……。早いな」

「まだ六階層目のはずですけど、何かの間違いでしょうか？」

「もしかすると俺たちが幻覚を見せられているのかもしれない」

「まあフォーステージは性格の悪いダンジョンですから、あながちないとも言い切れませんね。つまり見えない出口を探して先に進む感じですか？」

彼女がそう言った直後、部屋の中心に光が集まり始めた。

それはだんだんとゴーレムの形になっていく。

全長十メートルほどで、かなり大きい。

「おい、でたらめ言うなよ。やっぱり普通に最下層っぽいじゃん」

「元々瑠璃さんが幻覚がどうのって言い出しませんでした？」

「お前だと思うぞ」

「いいえ、絶対に違います！」

「……ちなみに聞くけどさ。月、あいつと戦ってみたいか？」

「えっ、珍しいですね。譲ってくれるんですか？」

「現状で月がどのくらい強いのか少し興味がある」

「じゃあ遠慮なくやりますね！　この数年で私も信じられないくらい強くなりましたから」

そう返答して月が離れた位置から右ストレートを放つと、ゴーレムは光の粒子となって消えていった。

「ふふんっ。すごいでしょう？」

「まあ、月にしてはいいほうだな」

「ご自身と比較しないでください！　瑠璃さんは例外ですから」

瑠璃は彼女の前へと出ながら、

「見ていたらやっぱり戦いたくなってきた。もう一体くらい出てこないかなぁ」

「そんなことあるわけが――」

「――グォォォ!!」

月が喋っている途中で、部屋の中心に白竜が現れた。

「きたぞ」

「本当に出てきましたね……って、あれ？　今更白竜ですか？」

「……なるほど。あいつって本来、ここで出てくるような相手だったんだな。……要するにセカンドステージの異空間の罠には、フォースステージのラスボスが配置されていたというわけだ」

「昔の瑠璃さんはそんな相手を瞬殺していたんですね。もうなんと言ったらいいか」

「グォォォ！」

白竜が唸りながら突進し始めた瞬間——なぜか消滅した。

血や肉の一切が残ることなく、まるでワープでもしたかのような消え方に月は眉を顰《ひそ》める。

「ちなみに今の攻撃……見えたか？　ひとつ上の階層でレベル上げをしていた時よりも少しだけ力を開放してみたんだけど」

「ちなみに何をしたんです？」

「月と同様、拳の風圧でやっつけた」

「いや、全く見えませんでしたね」

「やっぱりこうしてみるとお前もまだまだだな」

「私だって世間一般的に見ればすごいはずなのに……ものすごく自信がなくなってきました」

「そもそも世間一般を基準にしようとするなよ。そんなんじゃいつまで経っても三次元から上がれないぞ？」

「グォ――」

続けて赤竜が出現したかと思えば、即座に消えていった。

「あっ、反射的に確認することなく殴っちゃったけど……まだ出てくるんだな」

「お願いしますから相手の確認だけはしてください！　もし人間とかだったらどうするんですか？」

「そうだな、悪ぃ。……だけど一瞬見えた感じ、赤色の竜だったからセーフだ」

「赤い竜ですか。なんとなくサードステージの無限回廊を思い出しますね」

「おー、そんなところもあったな」

「あの時……瑠璃さんが初めて私に腕枕をしてくれましたっけ」

「ああ。大切な思い出だから、今でもしっかりとおぼえているぞ」

「私もです」

そんなやり取りをし、二人は少しだけ頬を紅色に染めた。

今度は紫色の竜が出現。

「紫の竜、よし！」

瑠璃の言葉と同時に相手が消滅した。

「ちゃんと確認できて偉いですねぇ～」

「ありがとぉ～。……って、子ども扱いすんな！　怒るぞ？」

「ふふっ、すみません。ついやりたくなっちゃいまして」

「次やったら仕返しとしてお前を赤ちゃん扱いするからな？」

「それは別に構いませんけど」

「いいのかよ！」

「あ、瑠璃さん。ちょっと聞いてください」

「なんだ？　藪から棒に」

「今いいこと思いつきました！　次に出てくる竜の色を予想して当ててみませんか？　的中させたほうが勝ちということで」

「おぉ、面白そうな企画じゃん」

「さっそく私から。……じゃあ、黒色で」

「俺はそうだな。そもそも何も出てこない」

瑠璃の回答に、彼女は首を傾げる。

「えっ、それはないと思いますよ？」

「いやありえるだろ。むしろ何を根拠に黒なんだ？」

「だって黒色ってさっきの紫よりも強いイメージがあるじゃないですか。つまり言い換えると、紫色で終わるはずがないんです」

「その思い込みが、生きていくうえで不必要なんだよな。四次元の思考回路から遠ざかるだけだし、何より自分自身が成長できない」

「もう四次元についてはお腹いっぱいです。毎回それっぽいことを言ってるだけですし」

「なんだと――」

瑠璃の声を遮るように、どこからともなく機械的な音声が響く。

『とある冒険者によりフォースステージがクリアされたため、続いてファイナルステージを出現させます。……繰り返します。とある冒険者によりフォースステージがクリアされたため、続いてファイナルステージを出現させます』

Chapter 5 ≪ FINAL STAGE ≫

とある酒場にて。

巨大な鎧を着た男が仲間に向かって尋ねる。

「おい、聞いてくれよ」

「レベルの世界ランキングか?」

「よくわかったな」

「お前が話す内容なんて、それだけだからな。……それに、至るところで噂になっている」

「三年前に握手をしてもらって以降、更に好きになって応援していたんだが……とうとうこの日がきてしまった」

「ああ」

「おそらく最初の目撃者は俺だ」

「それは間違いない。お前ほどランキング画面を確認しているやつは世界中のどこを探してもいないだろうからな」

「祝福してあげたらいいのか、それともこれ以上増えないことを残念に思えばいいのか……う～む。正直俺としてはもっと増える様子を見ていたかったんだが……」

そうつぶやきつつ、鎧の男はランキング画面を開いていく。

【第三位　空蝉《うつせみ》終《しゅう》・無所属《むしょぞく》　LV7923143】

【第二位　鳳蝶《あげはちょう》月《るな》・無所属《むしょぞく》　LV46126434】

「うむ、空蝉くんとるなたん！　今日も結構上がっているな」

「よく考えるとこの二人も地球に存在しているのがおかしいレベルなんだよな」

「今の俺たちにしてみれば雲の上どころか、宇宙の果てといったところか」

「間違いない」

「……そして俺の推しに関しては、どう表現していいのかすらわからない」

【第一位　琥珀川《こはくがわ》瑠璃《るり》・無所属《むしょぞく》　LV99999999】

「さっきからずっとこのままだし、多分これ以上増えることはないんだろうな」

仲間の男が言った。

「おめでとうと言いたいところだが、正直悔しいぜ」

「なんでだ？　別に素直に称えてあげればいいだろ」

「なんというか、誰かに見下ろされているような気がするんだ。……お前たち人間には限界が存在するってな」

「さすがに考えすぎだろ。ランキングの見すぎで頭がおかしくなったんじゃねぇのか？」

「まあ、普通に考えたらそんなことありえねぇよな」

「……」

「だが、ダンジョンが突然現れるような世界だ。地球そのものを破壊できるようなやつが、この宇宙空間のどこかにいてもおかしくねぇ」

「……なんとなく言いたいことはわかる」

「だろ？」

「だけど、仮に存在していたとしてもだ。……俺たちの琥珀川瑠璃がそんなやつに負けると思うか？」

「は？」

仲間の言葉に、鎧の男は眉間《みけん》にしわを寄せた。

「あいつは常に圧倒的な差で人類のトップに立ち続けてきた。一度も死ぬことなく、な」

「……おう」

「それを一番応援し続けてきたお前が信じなくてどうするんだよ」

「そう言われたら」

「俺も難しいことはわからねぇけど、琥珀川瑠璃は最強だ。……違うか？」

「ああ、その通りだ！　俺の瑠璃が負けるはずねぇよ！」

鎧の男が酒を手に持ったまま立ち上がった。

「瑠璃！　たとえどんな相手が立ちふさがろうとも、圧倒的な力の差でボコってやれぇ!!」

「落ち着けって。俺たちが勝手に盛り上がっているだけで、そんなやつがいる保証はないぞ。延々と次のダンジョンが現れ続けるだけかもしれないし」

「おい、テンションを盛り下げようとするんじゃねぇ。せっかく人が熱くなってるってのによぉ」

とその時だった。

『とある冒険者によりフォースステージがクリアされたため、続いてファイナルステージを出現させます。……繰り返します。とある冒険者によりフォースステージがクリアされたため、続いてファイナルステージを出現させます』

「おっ、とうとうフォースステージもクリアされたか。……って、ファイナルステージ？」

仲間の男が首を傾げた。

「おい、今すぐダンジョンへ行くぞ」

「はぁ？」

「ダンジョンをクリアした者は入り口前にワープさせられるってお前が教えてくれたんだろ。今なら瑠璃に会えるかもしれねぇ」

そう言って鎧の男性は勢いよく走り出した。

「おい、てめぇ。俺に払わせる気かよ」

仲間の男は文句を言いつつも机にお金を置き、彼のあとを追う。


「さっき次がファイナルステージだとか言ってただろ？　だから応援の声くらいかけたいじゃねぇか」

繁華街のなかを走りながら鎧の男が言った。

「だからってそう急がなくても、あの二人だってすぐに出発するわけじゃないだろ」

「出発する可能性もあるんだよ。瑠璃はそういう男だ」

「おい、それよりも今すぐ俺に金を返せ。飲み代も払わずに突然走り出しやがって」

「そんなのあとで何十倍にもして返してやるよ。ごちゃごちゃ言ってねぇでついてこい」

「……今の言葉、忘れるなよ？」

そんなやり取りをしつつ、二人は酔いが回った状態で走っていく。

瑠璃と月は、秋葉原にあるダンジョンの入り口前へとワープさせられていた。

時刻は夕暮れ。

いつも通り人口密度が高い。

先ほどアナウンスがあったせいか、普段よりもざわわしている。

とそこで、偶然近くにいた空蟬が二人の姿に気づいたようで、

「おい、二人とも。さっきのアナウンスの原因は……確実にあんたたちだよな？」

「――ほら、何も出てこなかっただろ？　というわけで勝負は俺の勝ちだ」

月を見つめながら瑠璃が勝ち誇ったように言った。

「むぅぅぅ。なんでわかったんですか？」

「勘」

「……てっきり四次元の思考回路だからって言うのかと思ってました」

「俺がそんな無意味に四次元を連発すると思うか？」

「いつもしてますけどね」

「……えっ、嘘だろ？」

「残念ながら本当です」

「まあ、細かいことは気にすんな」

「都合が悪くなったら逃げるのも、もう慣れました」

「で、お前なんの用だ？」

瑠璃が空蝉のほうを向いて尋ねた。

「はぁ、やっとか。……フォースステージをクリアしたのは、間違いなくあんたたちだよな？」

「ああ」

「やっぱりか。俺はしばらくの間、サードステージの湖のある階層でレベル上げをしていたから、そろそろいけるだろうと思ってフォースステージへ挑戦する直前だったんだが、すごい偶然だ」

「そうか。それはよかったな」

「それで興味本位で尋ねたいんだけど、フォースステージは全体的にどんなダンジョンだったんだ？」

「やばかった」

瑠璃が即答した。

「……それだけ？　もっと具体的にないのか？」

「やばいとしか言えない。なぁ、月」

「はい。やばい以外の言葉が出てこないですね」

空蝉は首を傾げつつも、

「う～ん、やばいと言われてもわからない。何がどうやばかったんだよ」

「やばい階層たちがほぼ全部やばかった。だからやばいんだ」

「私が経験してきたなかで、上位を争うレベルの階層ばかりでした。それくらいやばいです」

「はぁ……もういい。やばいというのは充分に伝わった。気を引き締めていくことにしよう」

「おう、頑張れ。……それで月。さっきフォースステージの階層のやばさが上位を争うって言ってたけど、鳳蝶月が選定するダンジョンのやばさランキング、ベスト一位はどこなんだ？」

　空蟬の言葉を軽く流し、瑠璃がそう尋ねた。

「一番やばい階層ですか……。それはもちろん、セカンドステージのオリハルコンの部屋ですね」

「あー、あれはやばかった。結局俺は十年近く閉じ込められていたし」

「私も七年か八年くらいはいたような気がします。……逆に瑠璃さんはどこが一番やばかったんですか？　やっぱり私と一緒でしょうか」

「確かに時間を無駄にしたっていう観点からみると、あそこはやばかったな。でも死にそうにはなってないし……。まあ総合的なやばさを考えると、ファーストステージ全般だ」

「なるほど。瑠璃さんからいろんな武勇伝を聞かされましたけど、大体やばいですもんね」

「やばい、がゲシュタルト崩壊してきたからもうやめてくれ！」

　絶妙なタイミングで空蟬が口をはさんだ。

「あれ、お前まだいたのか？」

「あんたたちが言うやばいフォースステージとやらに挑戦する前に、別れの挨拶くらいはしておきたかったからな」

「じゃあな、空蟬」

「またどこかで会いましょう、空蟬さん」

「相変わらずあっさりしてるな。……まあいいや。またな二人とも！　ファイナルステージへ行くなら、気を引き締めていけよ」

「いや、俺たちのことよりも自分の心配をしろよ」

「ああ、それもそうだな」

そう言い残し、空蟬はフォースステージの入り口へと向かっていく。


「……で、私たちはどうしますか？」

空蟬の後ろ姿から視線を外し、月が問いかけた。

「お前はどうしたい？」

「瑠璃さんにお任せします」

「俺は今からでもファイナルステージに進みたいところだけど、それっぽい場所は人混みでいっぱいだし……ちょっとどこかで時間を潰すか」

「いいですねー」

「俺ん家でいいか？」

「えっ？　……今から私を両親に紹介するんですか？　結婚するのはダンジョンを創った人に会ってからって言ってたような……」

「気が早いやつだな。ちげぇよ！　大切な人ができたっていう報告はするけど、まだ結婚はしない。ダンジョン攻略の最中にコウノトリが赤ちゃんを運んできたら邪魔になるだろうし」

「そうですか」と無表情で月。

「それに……たまにはあの二人に顔を見せておかないとな」

「瑠璃さんにしてはまともなことを言いますね」

「うるせぇ」

「ふふっ」

「ま、のんびり会話でもしながら歩いて移動するか」

「……やっぱり瑠璃さんって出会った頃に比べて大分変わりましたよね。昔はせっかちで面倒くさがり屋だったのに」

「昔の俺だって、ダンジョンの外で全力疾走したりはしてねぇよ」

「でも、そんなイメージがあります」

「月と出会ってから変わった実感はあるといえばあるが、一番の原因はレベルがカンストしたからだろうな。……なんかレベル上げ以外の時間がもったいないと思わなくなった」

「それはまあ、誰だってそういう気持ちになると思います」

とそこで、

「おーい、瑠璃ぃ～！」

突然どこからかそんな男性の声が聞こえてきた。

「……あの、今誰かが瑠璃さんの名前を呼びませんでしたか？」

「気のせいだろ。ほら、行こうぜ」

「あ、はい」

二人はゆっくりと歩き出す。

「瑠璃ぃ～。るなたぁ～ん！」

数秒ほどして、先ほどと同じ声が再び耳に入ってきた。

「月のファンがいるみたいだな」

「あんな名前の呼び方をする人とは絶対にかかわりたくないです。知らないふりをしましょう」

「同意見だ」

「あぁ、いたぞ！　瑠璃の後ろ姿だ！」

そんな言葉に、瑠璃と月は思わず立ち止まってしまう。

「……見つかったようだな」

「逃げますか？」

「ちょっと待て、今の声は聞きおぼえがある」

「えっ？」

「昔からずっと俺の大ファンだと言ってたやつだ」

そう言って瑠璃は後ろを振り向いた。

巨大な鎧を装備している男性は瑠璃の元へ走り寄り、

「あの、琥珀川瑠璃さんですよね！　探しました！」

「お前、数年前に酒場で話したやつだよな。どうしたんだ？」

「あ、えっとその……ファイナルステージが出現するというアナウンスが聞こえてきたので、あなた方に応援の言葉をかけたくて」

「なるほど」

「今からファイナルステージへ行くんですか？」

「いや、今は混んでるからもう少ししてから行く予定だ。とりあえず家に帰る」

「そうでしたか。……何はともあれ頑張ってください！　今後もずっと応援しています！」

「おう、ありがとな」

「もったいないお言葉です。お隣のるなた……鳳蝶月さんも、頑張ってください！」

「あ、はい。……どうも」

少し引きつった笑みで、月が返答。

「それでは俺はこの辺で失礼いたします」

最後に頭を下げて、鎧の男性は仲間の元へと戻っていった。

「悪い人……ではなさそうですね」

「俺は結構好きだぞ」

少しして、

「がはは、かましてやったぜ」

かすかに鎧の男性の声が聞こえてきた。

「どこがだ！　すげぇ礼儀正しかったじゃねぇか」

「はぁ？　何言ってんだてめぇ。ぶち殺すぞ」

「やってみろ、こら」

「推しである瑠璃とるなたんを目の前にして、いつも通りでいられるわけねぇだろ！」

「なら最初からかましてやったとか言うなよ」


そんなやり取りを遠くから聞いていた瑠璃と月は、呆れたように微笑む。

「なんというかあの二人、息ぴったりだな」

「まるで私と瑠璃さんの関係みたいです。もちろん、私たちのほうが何十倍も仲いいですけどね」

「それはもちろんだ」


夜のとばりが下りる頃。

瑠璃と月はマンションの自室前に到着した。

「ここが瑠璃さんの家ですか？」

「ああ。それなりに部屋も多いし、広いぞ」

「……ふぅ」

月は胸に手を当てて、ゆっくりと息を吐いた。

「どうした？　誕生日ケーキに刺さっているろうそくの火でも消したのか？」

「そうなんですよ。カレンダーか何かを見ないと自分が何歳なのか、そもそも今がいつなのかすらわかりませんが、そろそろ誕生日のような気がしなくもないので、誰も祝ってくれない代わりに頭のなかでケーキを用意したんです。白いうさぎさんの形をしたホワイトチョコレートが中心にあって、茶色のチョコペンで【鳳蝶月】って書いてある感じです。で、そんなケーキに刺してあるろうそくの火に息を吹きかけ……って、違いますよ!?　緊張しているんです」

「ツッコミまでがめちゃくちゃなげぇ」

「なんせ瑠璃さんの両親に会うんですから。嫌われたりしたらどうしましょうか」

「安心しろ。仮に嫌われたとしても俺が月を手放すことはない」

「嫌われることを否定してはくれないんですね」

「それに関しても大丈夫だ。俺の両親はかなり優しいから」

「へぇ……」

「あ、ただ、父さんの顔はかなり怖いから、それだけは注意してくれ」

「そんなことを言ったら失礼ですよ」

「失礼も何も、マジだから」

そうつぶやきつつ、瑠璃はチャイムを押した。

数秒ほどして、インターホンから女性の声が聞こえてくる。

『どちらさまですか？』

「俺だけど」

『オレオレ詐欺なら間に合っていますので、お帰りください』

「いや、俺だよ！　母さんの息子の瑠璃だよ！　というかこのくだり、かなり前にもやったし」

『あら瑠璃、帰ってきたのね。すぐ鍵を開けにいかせるから』

「開けにいかせる？」

意味がわからないといった様子で首を傾げる瑠璃。

『ふふっ、あとでわかるわ』


少しして、入り口のドアがゆっくりと開けられた。

そこにいたのは両親……ではなく、小柄な男の子。

黒い前髪で片目が隠れており、12歳ほどに見える。

「……」

男の子はじっと瑠璃を見つめている。

「かわいいですね。瑠璃さんの弟さんですか？」

「いや、知らん。…………ん？　こいつまさか俺の弟か？」

「がはは、正解だ！」

玄関へと姿を現した父親が笑いながら言った瞬間、月が「ひっ……」と悲鳴を上げて後ろに下がった。

「父さん、俺の彼女が怖がってるだろ。もっとおだやかな顔になってくれ」

「うるせぇ、無茶言うな。……おい、今なんて言った？」

「もっとおだやかな顔になれ」

「違う、最初のほうだ。俺の彼女がどうとか言わなかったか？」

「ああ、紹介するよ。この子は鳳蝶月。ダンジョンのなかで出会って、今は一緒に行動している」

そう言って瑠璃は彼女の肩に触れた。

「あ、あのぉ……。瑠璃さんとお付き合い？　というか仲良くさせてもらっています。鳳蝶月と申します」

「えぇ!?　このダンジョン馬鹿の瑠璃に彼女が？　おいお前、今すぐこっちにこい！　瑠璃が女を連れてきたぞ」

「ほ、本当ですか!?」

すぐに母親がリビングから飛んできた。

「よう母さん。久しぶり」と手を挙げる瑠璃。

「久しぶりね。……あら、かわいい子」

「だろ？　鳳蝶月って言うんだ」

「へぇ。……あ、瑠璃がお世話になっております」

母親が丁寧に頭を下げた。

「いえ、こちらこそ。瑠璃さんにはいつも助けてもらってばかりで」

「あらあら、礼儀正しい子だこと」

「……それで、俺の弟の名前はなんて言うんだ？」

そんな瑠璃の問いに答えたのは、笑みを浮かべた父親だった。

「吹雪《ふぶき》だ。かわいいだろ」

「……なんか変な名前だな」

「がはは、瑠璃。お前も人のこと言えないぞ？」

「つけたのはあんただろ！」

父親は吹雪の頭を撫でつつ、口を開く。

「吹雪、よくおぼえておけ。これがお前のお兄ちゃんだ」

「そうなの？」

「ああ。いつもランキング第一位の琥珀川瑠璃だと教えているだろ？　それがこいつだ」

「へぇ……」

吹雪は緊張した様子で、じっと瑠璃を見つめている。

「………………」

「……あの。こういう場面では、瑠璃さんのほうから話しかけたほうがいいと思いますよ？」

月が耳打ちした。

「そうなのか？」

「はい」

彼は一度ため息を吐いたあと、吹雪を見下ろしながらつぶやく。

「初めまして。俺が世界最強の男だ」

「……は、初めまして。お兄ちゃん」

「お前……吹雪は、レベルいくつなんだ？」

「えっと、1です」

「そうか」

「吹雪はお前と違って大人しいからな。ダンジョンに近づこうともしねぇ」と父親。

「俺だって大人しかっただろ」

「まあ、頭がいいところや、読書やゲームばかりしているのはお前そっくりだがな」

「ふ〜ん」

「とにかくなかへ入れ。それともすぐに出発するのか？」

「月、どうする？」

「そうですね。お邪魔でなければ、少しゆっくりしたいです」

「おう、瑠璃の女なら家族みたいなもんだし、遠慮することはない。母さん、お風呂を沸かしておいしいご飯を作ってやってくれ」

「わかりました」

微笑んで、母親はリビングへと戻っていく。

吹雪もそのあとについていった。

そんな二人の後ろ姿を見送ったあと、月は申しわけなさそうに、

「あのー、そこまでしてもらっては、さすがに申しわけないですよ」

「気にすんな。瑠璃と一緒だったってことは、ずっとダンジョンに籠りきりだったんだろ？」

「あ……はい」

「だったら今日くらいはゆっくり休んで体力を回復させておけ。どうせ瑠璃のことだから、すぐにでもアナウンスで言っていたファイナルステージとやらに向かいたいんだろうがな」

「一応予定では顔を見せるだけのつもりだったんだけど、久しぶりにお風呂にも入りたいし、母さんのご飯も食べたい。だから今日は泊まっていくことにしよう」

「おう、そうしろ」

「とはいっても、俺の部屋はまだ使えるのか？」

「母さんが定期的に掃除してくれているから安心しろ。ほんの少し物置として使ってはいるが、昔と同じベッドもあるし、二人で寝られるぞ」

「それはありがたい」

「ま、夜中は邪魔しにいかないから楽しめよ、瑠璃」

その言葉に、月のほうが顔を赤くした。

瑠璃は笑顔で、

「おし、月。今日も添い寝するか」

「……は、はい」

「どうせそれだけで終わらないだろ？」

「かもな」

「また何年もダンジョンに潜るなら、赤ちゃんを作るのだけはやめとけよ？」

そんな父親の忠告に、瑠璃は不思議そうな表情を浮かべる。

「いや、結婚式を挙げてないんだから、コウノトリも運んではこないと思うが」

「は？」

「とにかくなかに入るぞ」

「お前、まさかとは思うが……まだ子作りの方法を知らねぇのか？」

「馬鹿にすんな。さすがに知っている」

「じゃあ言ってみろ」

「結婚式を挙げて何日か経ったらコウノトリが運んでくるんだろ？」

「……やっぱりわかってねぇ」

「違うのか？」

「説明が面倒だし、やっぱいいや。……月ちゃんと言ったか、大変だな」

「ええ……まあ」

そんな二人のやり取りを聞いた瑠璃は一瞬首を傾げつつも、リビングへと向かう。


まず瑠璃たちはご飯を食べ始めた。

献立は唐揚げとハンバーグと白米。

「うますぎだろ……」

あまりの懐かしさに泣きそうになりつつも、瑠璃は親の前で涙を見せるわけにはいかないとばかりに堪える。

「はい……。本当に、おいしいです」

月も同じく泣きそうになっている。

瑠璃の様子につられたのと、温かいご飯が久しぶりでとてもおいしかったからだ。

二人は箸を止めることなく食べ進めていく。

「がはは、どっちもよく食べるな」

「それだけ幸せそうに食べてくれたら、作った私としても嬉しいわ」

父親と母親は、自分たちが食事をするのも忘れて嬉しそうに微笑んでいた。

もっとも父親の鬼の形相が微笑みと言えるのかはわからないが。

食事を終えたあと、月を交えた琥珀川家の会話は数時間にも及んだ。

長年会っていなかったせいで、とにかく話すことが多かったのだ。

瑠璃と月が出会った経緯。

ダンジョンでの主な出来事。

瑠璃がいなかった時の琥珀川家の様子。

弟の吹雪の学校生活。

更には月の過去など。

一区切りついたところで瑠璃と月は一緒にお風呂へと入り、隅々まで身体を洗う。


それから、瑠璃の部屋に移動した。

「ほんの少し物置として使っていると言っていたが……なんだこれ？」

「あはは、床一面が段ボールやら本で埋め尽くされてますね」

パッと見、ベッド以外に座れそうな場所がない。

二人は足場を探しながら、ベッドに向かってゆっくりと進んでいく。

「それにしても、瑠璃さんのご両親ってすごくいい方々なんですね」

「ああ、子どもの俺から見てもいい親だと思う。昔から無駄に干渉してこなかったし、かといって放置されたりもしなかった」

「正直言って、お義父さんの容姿にはびっくりさせられましたけど」

「だから会う前に言っただろ？　かなり怖いって」

そう言いつつ瑠璃はベッドの上に座った。

月はその隣に座り、彼の肩に頭を乗せる。

「……でも、優しい人でした」

「人は見かけによらないっていう言葉があれほどわかりやすい例は他にないだろう」

それから少しの間が空いたあと、彼女が口を開く。

「……瑠璃さん」

「ん？　頭が重くないかどうかを尋ねたいのか？　じゃあ先に言っておくけど、かなり重たい。あと数分で肩が砕けるレベル」

「違いますっ！　明日から頑張りましょうねと言いたかったんですよ」

「なるほど……。ああ、頑張ろうな」

「瑠璃さんのことですから大丈夫だとは思いますが、油断して死んだりしないでくださいね？」

「誰に言っている。俺は死んでも死なない男だ」

「ふふっ、相変わらず全く意味がわかりません」

「四次元にたどり着けば理解できる」

「残念ながらそこへ行く気はありませんので」

とそこで、瑠璃は突然真面目な表情になり、

「……月こそ、死んだりするなよ？」

「精一杯頑張りますが、もしも危なくなったら守ってください」

「任せろ」

「……はい」

「…………あぁ、なんか眠たくなってきた」と目を擦る瑠璃。

「私もです」

「ベッドで寝るのなんていつ以来だろう」

「そういえば、さっきカレンダーを見てようやく自分の年齢を知りましたけど、びっくりしました。私もう32歳でしたよ」

「俺なんて37歳だった」

「瑠璃さんと私に五歳も差があるとは思っていませんでした」

「俺はそのくらいだと予想していたけどな」

「だって瑠璃さん、全体的に子どもっぽく見えるんですもん。……かわいいというか、そっち系ですよね」

「いやいや、かわいさで言ったら月のほうがやばいから。この容姿を見て誰が32歳だと思うんだよ」

彼女の真っ白な頬に触れながら、瑠璃が言った。

「あ……ありがとうございます」

「よし、もう寝る準備をするぞ」

「そうですね」

部屋の電気を消し、二人は向かい合うようにしてベッドに寝転がった。

最初は目が慣れておらずあまり見えなかったが、だんだんと視界が鮮明になってくる。

「月の目……いつ見ても綺麗だな」

アクアマリンのような薄い水色の瞳をじっと見つめながら瑠璃がつぶやいた。

彼女は頬を紅色に染めて微笑み、

「それ、よくお父さんとお母さんからも言われてました」

「…………なぁ、月」

「はい？」

「生きてファイナルステージから帰ってこられたら、俺と結婚しような」

「いや、なんで死亡フラグを立てるんですか。そんなこと言ってたら絶対死にますよ？」

「四次元にフラグなんてものは存在しない。俺は俺が言いたいことを好きなタイミングで言う」

「まあ、瑠璃さんらしいですね」

「ちなみに答えは？」

「そんなの今更聞かなくてもわかるでしょう」

「お前の口から聞きたいんだよ」

月は彼の唇に一度キスをし、返答する。

「こちらこそお願いします。もらってください」

「……」

瑠璃は無言で彼女を抱きしめた。

「瑠璃さん。大好きです」

「俺もだ」

「……」

「……」

二人はゆっくりと眠りに落ちていった。


瑠璃が目を覚ますと、まだ部屋のなかは暗かった。

正面には、目を開けている月の姿。

「お前……もう起きていたのか？」

「はい。五分くらい前からずっと瑠璃さんの顔を見つめていました」

「やめてくれ。恥ずかしい」

「この前の仕返しですよぉ」

「この前？　……ああ、サードステージの最下層でファーストキスをした日のことか」

「よくおぼえてましたね」

「当たり前だ。月との思い出は全部鮮明に記憶している」

「ふふっ、私もです」

「……さて、もう出発しよう。他のみんなはまだ寝ているだろうから、父さんを叩き起こして宿泊代を渡すとするか」

「あっ、私からも渡したいです」

「いや俺が月の分まで出すから大丈夫だ」

「自分の分くらい自分で払いたいんですよ。どうせお宝を持っていても使い道なんてないですし」

「……多分父さんが困るだけだと思うけどな」

「ちなみに瑠璃さんは何を渡すんですか？」

「オリハルコンの塊」

「あ、やっぱり。私もそれを渡す予定でした」

「フォースステージの第五階層でめちゃくちゃ手に入ったからな」

「瑠璃さんほどではないにせよ、私もそれなりの量を持っています」

ドロップアイテムは魔物にとどめを刺した者しか入手できないため、瑠璃のほうが多いのは明白だった。

「けど、オリハルコンって値がつくのか？　俺、相場とかよく知らないんだけど」

「そういえば……オリハルコンが市場に出ているのを見たことがありません。そもそも出回っていないと思うので」

「じゃあ一応金塊も渡しておくか」

「ですね」

瑠璃と月は起き上がり、部屋を出る。

するとリビングには明かりがついており、父親がテレビを見ながらビールを飲んでいた。

机の上には空き缶が十本以上置かれている。

「父さん。俺たちもう行くよ」

「ん？　おぉ瑠璃か。まだ二時だぞ？」

「ちょっとでも人が少ないうちに行きたいんだ」

ダンジョンの入り口付近は夜中でもかなり人口密度が高いのだが、昼間よりはましだろう。

「母さんを起こしてくるからちょっと待っていろ」

そう言って立ち上がろうとする父親を瑠璃が止める。

「いや、いい。食事の時に充分話したし」

「……そうか」

「とりあえず部屋の底が抜けない程度に、アイテムボックスから金目の物を出していくから、収納していってくれ」

「またくれるのか。言っておくけど、そんなにたくさんはいらないからな？」

「わかった」

「あの、私からも受け取っていただきたいんですが……」

「断る」

父親がいかつい顔で即答した。

「えっ」

「息子の女から施しを受ける気はない」

「そう……ですか」

「その分、帰ってきた時に瑠璃と二人で使えばいい」

月は少し悩みつつも、やがて「わかりました」と頷いた。

父親は瑠璃のほうへ向き直り、

「瑠璃。一応言っておくが、死んだりしたら俺がお前を殺すからな？」

「おう！」

その後二人は、大量のオリハルコンの塊と金塊を父親に渡し、マンションをあとにした。

ダンジョンの入り口前へと戻り、新しく出現していた黒い階段のそばに移動した、その時、

「おぉ、琥珀川瑠璃くん」

後ろからそんな声が聞こえてきた。

瑠璃と月が振り向くと、そこには天神ノ峰団の団長こと村雨刃《むらさめやいば》の姿。相変わらず全身真っ白の鎧を装備している。

他の団員も勢ぞろいで、30人近くが村雨の後ろで待機していた。

「あれ？　……この集団、どこかで見たような気がするんだけど、誰だっけ？」

「私が昔所属していた天神ノ峰団ですよ！　なんでおぼえてないんですか」

月がツッコんだ。

「ああ、そうだったな」

「サードステージの獣人の階層でがっつり会っていたと思いますけど……」

「鳳蝶も、久しぶりだな」と手を挙げる村雨。

「お久しぶりです、村雨さん。みんなでこんな時間に何をしているんですか？」

「ちょっと新しく出現したという階段の視察にきたんだ。二人は今からこのファイナルステージへ挑戦するのかい？」

「はい！」

「まあ、二人のレベルなら問題ないとは思うけど、気をつけて」

「おう」

「ありがとうございます」

とそこで赤髪の赤松《あかまつ》も近づいてきた。

「よう、鳳蝶。元気にしていたか？」

そんな彼の言葉に月は微笑みを浮かべて、

「はい、元気いっぱいですよ。赤松さんはここ数年でなんか老けましたね」

「うるせぇ。いい年の取り方をしていると言え」

「ふふっ」

「というかお前。久しぶりに会ったってのに、数年前と全然見た目が変わってねぇな。本当に人間か？」

「それ、褒めてます？」

「ははっ、要するにいつまでもちびっこ………お、おう。もちろん褒めているぞ。鳳蝶はいつまで経ってもかわいくて綺麗だな〜と思って」

そう言って頭を掻く赤松。

最初は馬鹿にしようとしていたのだが、途中で瑠璃の殺気が飛んできたため、急遽褒める方向にシフトしたのである。

「絶対瑠璃さんが怖くて途中で意見を変えましたよ、この人」

「おい赤髪。あんまり調子に乗るなよ？」

「す、すみません。それでは俺はこの辺で失礼します。………はぁ。やっぱり俺にだけ当たりが強いような気がするんだよなぁ」

小声でつぶやきつつ、赤松は他の団員の元へと戻っていく。

「それじゃあ俺たちはもう行く」

瑠璃が村雨に視線を戻して言った。

「あ、ああ。引き止めてすまなかった。どうしても挨拶がしておきたくてな」

「いや、構わない。むしろわざわざ話しかけてくれてありがとな」

そう返答し、瑠璃は階段のほうを向く。

「えっ……。瑠璃さんがいい人っぽいこと言ってます？」

「何言ってんだお前。俺は昔からずっといい人だろ」

「いえ、絶対に違いますよ。昔はもっと尖ってました」

「それは三次元の視点から見た時の話か？」

「三次元であれ四次元であれ関係ありません。瑠璃さんは瑠璃さんですから」

「お、おぉう？　……まあ、あれだ。四次元にきたらわかる」

「あれ？　今一瞬納得しませんでしたか？」

「それよりもこの階段すごいな」

「……相変わらず話題を変えるのが雑ですね」

「今までとは全然違う感じだ」

そう言いながら瑠璃は階段を下り始めた。

一定距離ごとに松明《たいまつ》が設置されているが、階段だけでなく壁や天井も真っ黒なため、かなり暗く感じる。


三分ほど無言で下りていったところで、月がつぶやく。

「なんというか不気味《ぶきみ》です」

「卵に入っているのは黄身《きみ》です」

「……」

「一番大切なのは君《きみ》です！　なんつって」

「多分普段であれば面白いんでしょうけど、恐怖心が勝《まさ》っているせいで全く笑えません。だって今までと全然雰囲気が違うじゃないですか。全部真っ黒なんですよ？」

「俺はむしろワクワクするけどな」

「それ絶対病気だと思います」

「……おっ、例のやつが見えてきたぞ」

行き止まりには、お馴染みの水色のクリスタルが浮いていた。

「これはいつも通りですね」

「ファイナルステージってどんな場所なんだろうな……」

「さぁ、わかりません」

「ちょっと転移する前にどっちが近い予想ができるか、勝負してみないか？」

「えっと……。う〜ん私は、またオリハルコンの部屋だと思います」

「俺は魔王城みたいな場所がいいな」

「……ん？　願望ですか？」

「ああ。四次元の思考回路になれば、願いがそのまま反映されることがあるんだ」

「今までで一番言っている意味がわからないんですけど、私はどう反応すればよろしいでしょうか」

「……月は月のままでいればいい」

「誤魔化すために低音ボイスを使わないでください。失礼です！　謝ってください」

「誰にだよ！」

「もちろん、瑠璃さんの声帯にです」

「……俺の声帯、変な使い方をして本当にごめんな。こんなつもりじゃなかったんだよ。謝って済む問題じゃないのはわかっているんだが、それでも謝罪をさせてほしい。……みたいなことを自分に向かって言えということか？　するわけねぇだろ」

「ふふっ、すごいノリノリじゃないですか」

「さて、もう冗談は終わりだ。ファイナルステージの予想は、俺が魔王城で、月は……キャベツ畑だっけ？」

「オリハルコンの部屋ですっ！　そんなのどこから出てきたんですか!?」

「思い出せないから適当に言った」

「じゃあせめて尋ねてくださいよ。キャベツ畑って、赤ちゃんでも拾いにいくんですか？」

「あーそういえば、欧米ではキャベツから子どもが産まれるらしいな。正直想像がつかないぞ」

「……コウノトリは想像がつくんですね」

「ん？　何か言ったか？」

「言ってません。もう行きましょう」

「？　おう」

瑠璃と月は同時にクリスタルへと触れた。


ファイナルステージ。

赤いツタのような模様がいくつも描かれている黒の床。

禍々しい紫色の壁。

赤色の柱。

真っ黒の天井。

正面には、赤と紫の二色で構成された巨大な扉が待ち構えている。

雑音が一切聞こえない無音の空間。

Chapter 5-1

「これは……やばいな」

「やばいですね」

「とりあえず勝負は俺の勝ちだ。どう見てもオリハルコンの部屋より魔王城のほうが近いし」

「今はそんなことどうでもいいです。ここ、めちゃくちゃ怖くないですか？」

「こいつ。負けたと思った瞬間、話をそらしやがった」

「違いますよ」

「にしてもマジですごいな。本当にファイナルステージって感じがする」

「正直私……進みたくないです」

瑠璃は後ろを振り返りつつ、

「残念ながら転移用のクリスタルはない。完全に行き止まりだ」

「なんでそんな嬉しそうに言うんですか!?」

「だって進まないとこのまま飢えて死ぬんだぞ。ワクワクしないか？」

その問いかけに月は即答。

「全くしません」

「さて……。もう扉を開けたいんだけど、心の準備はＯＫ？」

「決してよくはないですが、このままここで立ち止まっていても何も始まらないですし。……進みましょう」

「了解」

　瑠璃は巨大な扉をゆっくりと押していく。

「あれ？　壊さないんですね」

「最後のステージというからには、何が起こってもおかしくないだろ？　だから最下層へたどり着くまでは慎重に行こうと思う。ありえないかもしれないけど、扉を攻撃してダメージが反射されたり、地面を掘り続けて底なしの次元の狭間とかに落ちる羽目になるのは嫌だからな」

「確かにありえないとは思いますが……次元の狭間のやつは想像したらめちゃくちゃ鳥肌が立ちました」

「ま、敵が出てきたら容赦なく殺すけど。こんな感じで――」

　彼は上から襲《おそ》いかかってきた紫色の羽が四つ生えているコウモリを殴って消滅させた。

「あ、敵は弱いんですね……って、なんですかこの部屋!?」

　扉の先に広がっていたのは、まるで生物の胃袋のような空間だった。

　床、壁、天井の全てが赤っぽい紫色でぷにぷにしており、所々に青筋のような物が通っている。それに加えてどこからともなく、くちゃくちゃくちゃという音が聞こえてくる。

「なんか、生臭いぞ」

「はい……。湖に生息している魔物の死体を地上で丸一日放置した時みたいな臭《にお》いがします」

「妙に的確だな。さすがはにおいのプロ」

「誰がですかっ！」

「で、どっちに進む？　右の通路か左の通路か。それとも部屋の中心にある地下へと続いている階段か」

「う～ん。私としては階段ですかね」

「じゃあそうしよう――」

「――もし仮に変なところへたどり着いても、私のせいにしないでくださいよ？」

「…………もちろんだ」

「今の反応。絶対する気でしたよね？」

「俺がそんなことするはずなるだろ」

「あるのかないのかどっちなんですか！」

「そんなことするはずあいって」

【ある】と【ない】を配合しないでください」

「要するにだ。俺の月に対する気持ちは、愛《あい》ってことだ」

「ちょっと上手くて嬉しいことを言われたので、今回は許すことにします」

「ありがとう。はぁ、助かった」

「……やっぱりする気だったんですね」

「というわけで階段を下りて行こう」

「もし変なところへたどり着いた場合、瑠璃さんのせいにしますから」

「いや、どっちのせいにするとかいう考えはもうやめないか？　俺と月は二人でひとつだろ？」

「えっ」

「将来一緒になるんだから、正解も間違いも全部共有していこうぜ」

「……なんか納得がいきません」

そんな会話をしつつ、二人はぷにぷにした階段を下りていく。

30秒ほど進んだところで、突然壁から魔物が出てきた。

全長五メートルほどの黄色い芋虫。

舌がとてつもなく長い。

「ひゃっ!? き、気持ち悪いです！」

「おい、月を不快にさせるな」

その瞬間――瑠璃が殴った芋虫は破裂し、液体が吹き飛んでいく。

かなり手加減したパンチのため、周りの壁が壊れることはなかった。

「瑠璃さんってやっぱり力の調節が上手いですよね」

「だろ？　俺は世界一手加減が得意だと自負している。ただ正直な意見を言うと、レベルがカンストして以降まだ一度も本気を出していないから、マジで一回暴れてみたい」

「絶対にやめてください！　多分地球そのものに影響が出ます」

「それは言いすぎだろ……と否定したいところだが、なんか五分くらいあれば壊せそうな気がする」

「私はとんでもない人と一緒にいるのかもしれません」

「とんでもないのは月もだろ。一日くらいあれば地球を壊せるんじゃないか？」

「どうでしょう？　想像がつきませんし、やろうとも思わないです」

「それは俺もだ」

「あ、行き止まりですね」

正面を見ながら月が言った。

ぷにぷにの物体で階段が閉ざされており、代わりに真っ赤な宝箱がひとつ置いてある。

「一応私のほうが罠の知識があるので、まず確認させてください」

「おぉ、珍しいな」

「もっとも、瑠璃さんに普通の罠は通用しないでしょうけど、今回はファイナルステージなので」

「確かに……。月にしてはまともな意見だ」

「私はいつもまともですーっ」

そう言いつつ月は宝箱のそばに移動し、観察していく。

裏の蝶番《ちょうつがい》に何も仕掛けられていないか。

なかから変な音や臭いがしないか。

それから、正面の止め金具を念入りに見つめて頷く。

「大丈夫そうですね」

「じゃあ俺が開けてやるよ。もしなかに凶悪な罠が仕掛けられていて、月が怪我を負ったりしたら嫌だし」

「まあ、ステータスの高い瑠璃さんが開けたほうが安全と言えば安全ですよね。というわけで、お願いします」

「おう。任せとけ」

瑠璃はなんの躊躇《ためら》いもなく開けた。

「おぉ……」

「へぇ……」

なかには、一本の剣が入っていた。

青い取っ手に銀色の鍔《つば》。

透明な刃の中心には、水色の一本線が引かれている。

「かっこいいな」

「これ絶対すごい性能の剣ですよ！」

「俺は別にいらないけど、月……使うか？」

「いえ、私も必要ありません。逆に戦いにくくて戦闘力が落ちそうです」

「じゃあアイテムボックスにしまっておくぞ」

「はい」

瑠璃は透明な剣を収納し、月とともに階段を引き返していく。

　実はこの剣、ダンジョンに存在するなかで一番攻撃力が高い武器なのだが、今後使われる機会が訪れることはないだろう。

　それから最初の部屋へと戻ってきた二人は、続いて左側の通路を進み始めた。


「なぁ、月」

「なんですか？　瑠璃さん」

「ずっとどこからか、くちゃくちゃっていう音がするよな？」

「はい。聞こえますね」

「音の原因がようやくわかったぞ」

「えっ？」

「月のお腹だ！」

　瑠璃が彼女の腹部を指さして宣言した。

「違いますぅ〜！　失礼なこと言わないでください」

「いや、ずっと聞こえるってことは一緒にいる月からだろ」

「扉をくぐる前は無音だったじゃないですか。つまりこの部屋のせいです」

「お腹が空いたのか？」

「話聞いてました？」

「もしそうなら死体が残るように魔物を倒すけど、正直芋虫とかは食べられる気がしないし……。おいしそうな魔物が出てくるまでもう少し待ってくれ」

「…………」

月は無言で頬を膨らませた。

「いつも言ってるけど、それマジでかわいいよな」

「絶対鳴ってません！」

「冗談だって。そのくらいわかってるよ」

「女の子相手だったら、普通お腹が鳴っていたとしても気をつかって聞こえないふりをするでしょ？」

「俺と月の関係だし、今更気をつかうとかないだろ」

「まあそうなんですけどね」

「というわけで結論、月のお腹はくちゃくちゃと鳴る！」

「いい加減にしてください。私のお腹――」

「――おっ、なんか見えてきたな。あれは石像か？」

視線の先には石の台座が設置されていて、灰色のドラゴンの像が乗っている。

その奥は再びぷにぷにの物体によって道が閉ざされており、行き止まりになっているようだ。

「なんで遮るんですか！　ちゃんと私のお腹が鳴っていないことに納得してから次の話題に進んでもらえます？」

「あいつ……絶対動くだろ」

「私のお腹は鳴っていませんよぉ〜」

「さっさと引き返すか。どうせ石像は食べられないし」

「瑠璃さぁ〜ん」

「じゃあなドラゴンくん」

瑠璃が踵を返そうとしたその時、灰色のドラゴンが動き始めた。

翼を勢いよく羽ばたかせて二人の元へと近づいていく。

「本当に私のお腹、鳴ってないですからね？」

そう言いつつ月がハイキックを放ち、迫りくるドラゴンを粉々に破壊した。

瑠璃は振り向くことなく、

「ナイス、月」

「鳴っているのはあくまで部屋です！」

その後、再び最初の部屋へと戻り、最後の選択肢である右側の通路を進んでいく。


少し歩いたところで、一方通行の角を左へと曲がった。

「私のお腹は鳴っていませんっ！」

「お前まだ言ってるのか？　もうわかったって」

「絶対まだ疑ってますよね？」

「もう信じたから大丈夫だ」

「本当ですか？」

「ああ。というか最初から部屋のせいだって気づいてたし」

「じゃあ私のお腹が鳴っているとか言わないでくださいよ！」

「正直ここまで執着されるとは思っていなかった」

「私だって年齢はともかく気持ち的にはまだまだ女の子なんですから、そういうことには敏感なんです」

瑠璃と月は再び一方通行の通路を左へと曲がる。

「俺は別に自分のお腹が鳴ってもなんとも思わないし、月のお腹が鳴ったところで全く気にならないけどな。むしろかわいいとすら思うぞ」

「そう言ってもらえると気が楽ですけど……でもやっぱり好きな人の近くで鳴ったら恥ずかしさはあるんです」

「恥ずかしいと思うから恥ずかしいんじゃないのか？」

「出ましたね、四次元の思考回路」

「それ俺が言うやつだから。先に取るなよ」

「もう四次元は聞き飽きました」

「なんだと？」

「最近気づいたんですけど、三次元と四次元を分けようとしているその思考こそが、瑠璃さんが三次元にいる証拠なんじゃないですか？」

「あー、なるほど。そういう考えもできるな」

「否定するかと思ったら、普通に納得するんですね」

「一度全てを受け入れて、反芻《はんすう》する。それが四次元の思考回路にいる証だからな」

「…………そうですか」

二人は通路を左へと曲がる。

「ん？」

「どうしました？」

「今ふと疑問に思ったんだけどさ」

「しつこいですよ！　私のお腹は鳴っていませんっ！」

「いや、違うって。なんか左の曲がり角が多くないか？」

「…………あれ？　そう言われれば。さっきので三回目ですね」

「嫌な予感がする。螺旋状《らせんじょう》に上がったり下がったりしている感じでもないし」

「無限回廊ってことですか？」

「断定するにはまだ早いけど、なんとなくそんな気がする」

それから瑠璃と月は、一方通行の通路を何度も左に曲がり続けた。

「絶対おかしいだろ」

「絶対におかしいです」

「もう30回は左に曲がったぞ」

「……知らないうちに罠にはまってしまった可能性がありますね。試しに左右の壁を壊してみますか？」

「いや、もう一度だけ曲がってみよう」

「はい」

「もしかすると次が最後かもしれない」

「私は永遠に続くと思いますけど」

「この世に永遠なんてない。終わりがあるからこそ世界に理《ことわり》が存在しているんだ」

「一見深そうで、実は適当な言葉ですね」

「四次元にたどり着けば自然と理解できるさ」

「はいはい」

【はい】は一回だと親や先生に教わらなかったのか？」

「……肺《はい》」

「五臓六腑に含まれていそうな発音だな」

「ＨＩＧＨ《ハイ》！」とウインクしながら月。

「高い高いして欲しいのか。……仕方ないな」

「え……ちょっ⁉」

瑠璃は彼女の腰を掴んで勢いよく持ち上げ、肩車した。

「もう！　いきなりこんなことをされたらびっくりするじゃないですか」

「お前がやって欲しいって言ったんだろ」

「言ってません。……けどこれ、わりといいですね。身長が高くなった気分です」

「ははっ、子どもみたいな発言だな」

「馬鹿にしないでください」

「今度ファミレスでお子様ランチでも奢ってやるよ」

「…………だ～れだ！」

月はいきなり彼の両目を塞いだ。

「おい、前が見えないだろ」

「ふふっ、お子様ですから何をするかわかりませんよ？」

「お子様は大人の言うことを聞け！　今すぐ手を放すんだ」

「私はお子様なので聞き分けがありません」

「くそ、こいつムカつくな」

「……って、なんで普通に真っすぐ歩けているんですか!?」

「俺くらいになると、目が見えていなくても真っすぐを維持することくらい朝飯前だ」

「もう人間とは思えません……。あっ、そこを左に曲がってください」

「おう」

「壁ですけどね」

そうつぶやいて月が両手を離した直後、ベチャッという感覚が瑠璃の手の甲を襲った。

「!? ……おい、てめぇ!」

「ふふっ、面白いです〜」

「さっきからいい加減にしろよ! 笑い声がかわいいから許す」

「許すんですね!?」

「肩車をしているせいか、月のことがいつも以上に愛おしく感じるんだよ」

「私はなんだか子どもに戻った気分です」

そんなやり取りをしつつも通路を左へと曲がると、そこには真っ青な部屋が広がっていた。

「やっぱり終わったな」

「いつも思うんですけど、瑠璃さんのこういう勘って大体当たりますよね」

「うん」

「どうしてなんですか? ……って尋ねようと思いましたが、四次元にたどり着けばわかると言われそうなので、やっぱり撤回します」

「勘のよさの秘訣を知りたいのか? まあ、あれだな。いろいろと複雑なんだけど、結局四次元の思考回路にたどり着けばわかるとしか言えない」

「それがわかっていたから、聞くのをやめたんです!」

「それよりもこのファイナルステージ、マジでおいしそうな魔物がいないぞ」

視線の先には、大量の虫が飛んでいる。

巨大な目玉のハエや、細長いバッタなど。

その全てが青色の見た目をしているため、部屋と同化していて見つけにくい。

「私は空腹じゃありません!!」

「誰もそのことについては触れてねぇ」

「とにかく下りますね」

「おう。首と肩が折れそうだから早くしてくれ」

「……そんなに重くないですよぉ～だ」

月は器用に彼の肩から下りていく。

「魔物を倒すメリットもなさそうだし、無視《むし》して進むか。虫《むし》だけに」

遠くにある唯一の扉を見つめながら瑠璃が言った。

「そうですね。賛成です」

「じゃあお先に」

一秒と経たずに彼は扉の前へと到着する。

「瑠璃さん、速いですよ」

二秒ほど遅れて月もたどり着いた。

「月だって充分速いだろ。俺と比べなければの話だけど」

「……て、あれ？　なんか虫たちが一斉にこちらを向きましたよ？」

「ん？」

「瑠璃さん、早く進みましょう！」

「おう」

瑠璃はマイペースに扉を開けていく。

「あぁー、向かってきました！　急いでください」

「おう」

返事をしつつも彼はペースを上げない。

虫のことなど眼中にないのだろう。

「気持ち悪いです。早くぅ！」

「おう」

「いや、全然急がないじゃないですか⁉　大量の虫が迫ってきているんですって！」

「もう通れるぞ」

月は真後ろの巨大なハエを殴って消滅させつつ、扉の隙間を通った。

瑠璃もそのあとに続き、ゆっくりと扉を閉める。

「あー、もう！　何体か入ってきましたよぉ！」

瑠璃は高速でパンチを繰り出していき、複数の虫を一瞬にして消滅させた。

「これでいいか？」

「はい、ありがとうございます。……って、なんで急がなかったんですか？」

「焦る月がかわいかったからわざと遅くした」

「本当にかわいいと思うなら、困らせるようなことをしないでください」

「すまん。以後気をつけよう」

「まあ、瑠璃さんは適当が集まってできたような人なので、今更なんですけどね」

「なんの話をしているのかはわからないが、俺ってそんなに上手く当てはまっているか？」

「そっちの意味じゃありません。いい加減だと言いたいんです」

月の言葉に「なるほど」とつぶやき、彼は周りを見る。

「……にしても、ずいぶんと雰囲気が変わったな」

灰色のブロックでできた直線の通路。

一定距離ごとに設置されている窓から真っ赤な光が差し込んできており、魔物はいないようだ。

奥には扉が見える。

「あの扉の向こうに中ボスの部屋があるような気がします」

「さすが月。俺と同じ意見だ」

「…………あの、瑠璃さん」

「おーん？」

「なんですか？　そのおーんって」

「特に意味はない」

「そうですか。それはともかく、なんか暑くありません？」

「んー……。確かにちょっとポカポカするな。真っ赤な色からして、おそらく窓の外が原因だろ」

「ちょっと確認してみますね……」

月は窓へと近づき、眉を顰《ひそ》めた。

「おーん」

「なんだ？　そのおーんって」

「びっくりしすぎて思わず瑠璃さんの真似をしてしまいました。これ、見てください」

瑠璃はすぐさま彼女の横へと移動する。

それから納得したように頷き、

「なるほど。これは確かにおーんとしか言えないな」

二人の視界の先には、マグマの海が広がっていた。

至るところで炎が爆発したように弾けたり、真っ赤な液体が噴水のようにわき上がっている。

「もし仮にの話ですよ？　瑠璃さんだったらあのなかで泳げますか？」

「ふむ、なかなか面白そうな提案だな。……よし、今から試してくる」

そう言って嬉しそうに口端を上げる瑠璃。

「すみません、私が悪かったです！　お願いしますからやめてください」

「えぇ……」

「本気で残念そうにしないでくださいよ」

「でも実際いけそうなビジョンは浮かんでいるんだよな。その代わり、髪とか体毛は全部燃えてなくなるだろうけど」

「本当にやめましょう！　瑠璃さんが死んだら私、ここで一生泣きますよ？」

「じゃあやらない。俺は月を悲しませる気はないから」

「……ふぅ」

月は安心したように息を吐いて扉のほうを向き、

「瑠璃さんの気が変わらないうちに進みましょう」

「そうだな」


二人は通路をゆっくりと歩いて移動し、奥の扉を開ける。

するとその先に広がっていたのは、真っ赤な円形の部屋だった。

「うえぇぇぇ……。熱いですぅ」

「おー、あったかいな」

もしレベル1の一般人がここへ入った場合、あまりの熱量によって息ができず、死んでしまうだろう。

常に熱風が吹き荒れており、瑠璃と月の肌を刺激する。

部屋の中心には、赤竜の姿。

「瑠璃さん！　私の髪がチリチリしてきました」

そう言われて瑠璃が彼女のほうを向くと、先端が赤くなって溶け始めている。

「俺の大事な月の髪が危ない。おい、後ろについてこい」

「は、はい！」

瑠璃は走りながら赤竜を蹴り殺し、正面の扉を吹き飛ばした。

その瞬間、温度が急激に下がる。

再び灰色のブロックでできた直線の通路が続いており、一定間隔で設置されている窓から白色の光が差し込んでいる。

ここにも魔物はいないようだ。

「今度は涼しくなったな」

「あ、ここは快適ですね」

「窓の外はどうせ雪景色とかだろうけど、一応確認してみよう…………おーん」

窓の外を見つめながら瑠璃がつぶやいた。

「それが言いたいだけじゃないですか」

「月も見てみたらわかるって。自然と【おーん】が出てくるから」

「いや、絶対出ませんからね？」

そう返答しつつ、月は窓の外に視線をやる。

すると、地平線の先までずっと真っ白な雪景色が広がっていた。

「おーん！」

「…………いや、なんかわざとらしいな」

「せっかく乗ったのに、そういうこと言います？」

「よし先に進もう」

そう言い残して瑠璃は歩き出した。

「…………おーん」

「おっ、それだ！　今本物が出たな」

「こんなのに本物も偽物もないと思いますけど」

「いや、【おーん】はマジで奥が深いぞ。四次元の思考回路を持つ俺ですら全部見通せないから、深淵《しんえん》に何があるのか想像もつかないし」

「ちなみに浅いのはどんな感じなんですか？」

「おーん」

「じゃあ次に、瑠璃さんがたどり着ける限りで一番深いやつを聞かせてください」

「おーん」

「うん。全く変わりませんね」

「なんだと？」

そんなやり取りをしつつも奥へと進んでいき、扉を開けた。

「――っ!?　なんですかこの部屋！　寒すぎて肌が痛いです」

震えながら両腕をさする月。

オリハルコンと全く同じ色の円形の部屋だが、温度が凶悪なほど低く、どこからともなく強い風が吹き荒れているため、体感温度がすごいことになっている。

「月の肌を守らないといけないし、急ぐぞ」

「グォ――――」

「――うるせぇ」

口を開けて叫ぼうとした青い竜を殴って破裂させ、瑠璃は正面の扉を開けた。


続いて待ち受けていたのは、全ての面が鏡でできた迷路。

瑠璃は扉を閉めつつ尋ねる。

「まだ肌荒れとかしてないよな？」

「はい。早く部屋から離れることができたおかげで問題ありません」

「ならよかった」

「それよりもここ……なんですか？　鏡ですか？」

「ああ。月のかわいい姿が映っているし、間違いなく鏡だ」

「瑠璃さんのかわいい姿が映っているので、間違いなさそうですね」

「かわいいって言われてもあまり嬉しくないから、かっこいいに言い直してくれ」

「わかりました。瑠璃さんのかわ――――」

「――変わってねぇ！」

「ふふっ、さすがの反応速度ですね」

嬉しそうに微笑む月。

「……にしても、非常に周囲が見にくい」

「少し向こうに私たちの姿が見えるということは、正面に壁が存在しているということなので、曲がり角か行き止まりがあるんだと思います」

「面倒だし、もう壊そうかな」

「私はやらないほうがいいような気がしますが、馬鹿正直に攻略したらとんでもなく時間がかかりそうですよね」

「よし決めた。手加減したパンチでとりあえず一枚割ってみる」

瑠璃は正面の鏡の前に移動し、左ジャブを放った。

瞬間――ゴキッ！　という音が響く。


「…………」

少しの間が空いたあと、彼は拳をさすり始めた。

「今すごい音がしましたけど、どうしたんですか⁉」

「鏡がかわいそうだから壊すのをやめてあげた」

「めちゃくちゃ痛そうですが……」

「痛くない！」

「誤魔化してますよね？」

「そんなことあるはずがある」

「……やっぱりですか」

「どうやらこの鏡、ダメージを反射するっぽいな。殴った瞬間びっくりしたぞ」

「さすがファイナルステージというだけあって、一筋縄ではいきませんね」

「いいや、一筋縄でいかせてみせる」

「はい？」

「おい鏡。俺に歯向かったことを後悔させてやろう。痛みを与えてくれた礼として、ほんの少しだけ力を込めてやるよ」

「ちょっとやめましょうよぉ。瑠璃さんの拳が砕けたらどうするんですか？」

「安心しろ。ダメージを反射する程度でダメージは反射されない」

「……相変わらず四次元の考え方をしてますね」

「忘れたか？　俺は空間をも破壊する男だ」

「ダメージを反射する鏡VS空間そのものを壊す瑠璃さん。どうなるのか、ちょっと興味はありますけど……ものすごく不安です」

「俺を信じろ」

「……はい」

瑠璃は拳を握って笑みを浮かべ、

「必殺、普通のパンチ！」

その刹那、ガラスの壁が粉々に砕けながら直線方向へと吹き飛んでいった。

「わかっていましたけど、この人……本当にダメージを反射する鏡を壊しましたよ。しかもめちゃくちゃ手加減してましたし」

「多分これくらいだったら月でも壊せると思うぞ？」

「絶対やりたくありません！　もし全力で殴って壊せなかったらやばそうですもん」

「まあ、悲惨だろうな」

「で……まだガラスの壁が続いているみたいですね」

「このまま真っすぐ壊して進み続けたらそのうち次の部屋へたどり着けそうな気がする」

「そうですか」

「なんにせよ普通に攻略するよりかは効率がいいだろ。もし万が一ガラスの破片が飛散して月の目に入ったら大変だし、俺の背後に隠れていろ」

「あ、はい。気をつかっていただきありがとうございます」

「当然だ」

そのあと瑠璃は、ダメージを反射するはずの鏡をまるで紙でも破るかのように破壊しながら進んでいく。

少しして。

二人は次の場所へとたどり着いた。

見慣れたオリハルコンの円形の部屋。

中心には醜い魔人の姿がある。

紫色の肌で、ぶくぶくに太った全身。

杖を持っているため、おそらく魔法を使うタイプなのだろう。

「ぬひひぃ。貴様らが初めての冒険者か。待ちくたびれたぞい？」

ねっとりとした声質で、魔人が話しかけてきた。

「お前、気持ち悪いな」

「ぬぅん？　何を言っておるんだ貴様。痛くて苦しい殺し方をされたいのかぞい？」

「次俺のことを貴様と呼んだら殺すからな？」

「ぬふふぅ。男は黙っていろ。おい、そこの女。貴様なかなかおいしそうな見た目をしているではないか。そんな気持ち悪い男のことなど放っておいてこっちにこい。相手をしてやらんでもないぞい？」

「黙ってください。ゴミ」

月が無表情で相手の元へと近づき、パンチを放った。

魔人の胴体が半分ほど吹き飛び、周囲に大量の血が飛び散る。

「ぬおぉぉぉん!?　なんだ貴様!?」

「俺の女を貴様呼ばわりするんじゃねぇ、ゴミ」

後ろからやってきた瑠璃がそう言って蹴りを入れた直後、魔人の残りの部分が全て消滅した。

「むぅぅー！　瑠璃さんのことを悪く言われてムカつきます！　もう一度殺したいです！」

月はその場でシャドーボクシングをし始めた。

「あいつ復活しないかな？」

「瑠璃さんの力で蘇らせてください」

「無茶言うな。俺は壊す専門だ」

「……ですよね」

「ま、このストレスは次の相手にぶつけるとするか」

「とりあえず私が最初に攻撃してもいいですか？　瑠璃さんがやるとすぐに終わってしまうので」

「いや、月がやってもすぐ終わるだろ」

そんなやり取りをしつつ、二人は正面の扉に向かって歩いていく。


扉を開けると、そこは巨大な部屋だった。

敵はいない。

その代わり、床にたくさんのギミックが張り巡らされている。

ぐつぐつと煮えたぎっている真っ赤なマグマ。

滑りそうなツルツルの氷。

紫色の毒沼。

大量の針が待ち受けている穴。

それらを縫うようにして通路が存在していた。


「残念ながら魔物はいないみたいだぞ」

「むぅぅぅ。思いっきり殴りたかったのにぃー」

「まあ、次の部屋に期待しようぜ」

「……はい」

「それよりもこの部屋、簡単すぎるだろ。ただ単に通路から落ちないように進めばいいだけだし」

そう言って部屋に踏み込んだ直後、瑠璃は入口へと戻ってきた。

「あれ？」

「瑠璃さん、何してるんです？」

「……俺、なんで戻ってきたんだ？」

「？」

「普通に進もうとしたんだが……。ちょっともう一度——」

再び瑠璃が部屋に入るも、足を後ろに伸ばして入口へと戻ってくる。

「ふざけているんですか？」

「いや、マジだって。ちょっと月も行ってみてくれ」

「？　……はい」

月は首を傾げつつも部屋へと入っていき……入口に戻ってきた。

「ほら見ろ」

「えぇぇぇー!?　なんでですか!?」

「前に進んでいるのに、身体が勝手に戻るだろ？」

「……あー、わかりました！　多分ですけど――」

「――進みたい方向とは逆に移動してしまう部屋みたいだな」

「はい、そうなんですよ。……って、取らないでください！」

「ということはだ」

瑠璃は部屋へと入り、足を後ろに出そうと意識する。

すると、不思議なことに前へと進むことができた。

「おぉ……気持ち悪い感覚だな」

「ちゃんと進めてますね。じゃあ私も行きます」

「…………」

「…………」

慣れない作業のため二人は喋ることなく集中し、通路に沿って歩いていく。

やがて毒沼の目の前に到着した辺りで、瑠璃がふいに口を開いた。

「なんかムカついてきた」

「はい？」

「今思うとこれって、ダンジョンを創ったやつの思い通りなんだよな」

「まあ、確かに」

「よし決めた！　俺は絶対に真っすぐ歩こうと意識しながら進んでやる」

「いや、普通に攻略しましょうよ」

「安心しろ。何を相手にしたとしても、世界最強の俺が負けるはずねぇ」

彼は左を向こうと意識をして右を向いたあと、身体全身に力を込めて前に進もうとする。

足が後ろへと引っ張られるが、更に力を加えることにより、徐々に前方へと進み始めた。

「ふっ、どうだ？」

「……本当に前へ進もうとしてます？　実はこっそり後ろへ下がろうとしているんじゃありませんか？」

「いや、ちゃんと抗っているからな？　実際今もめちゃくちゃ足取りが重たいし」

そう言ってゆっくりと進み続ける瑠璃を見て、月は呆れたように、

「もう言葉が出てきません」

「試しに月もやってみたらどうだ？　案外いけるぞ」

「じゃあ一応……」

「………どうだ？　進めるか？」

「ぬぅぅぅ……あっ！　進めました。結構いけますね」

「だろ？　力を入れていくと途中で壁みたいなのがあって、それを超えると真っ直ぐ歩けるようになる」

「その感覚、めちゃくちゃわかります」

「これで二人とも不自由はないな。サクッと攻略するぞ」

そう言って歩くペースを上げる瑠璃。

彼女は必死にそのあとを追いながら、

「いや、不自由はありますけどね？」

「不自由だと思うから不自由なんだよ」

「……おーん」

「なんだその納得していないような返事は」

「よく伝わりましたね」

「俺は月のことであればなんでもわかるんだ。多分本人よりも知っているぞ」

「さすがにそこまでいくと怖いですよ。あっ、でも……。私も瑠璃さんのことなら全てわかりますよ？」

「……言ったな?」

「はい。自信があります」

「じゃあ今から俺に関する問題を出すから、もし正解できなかった場合、罰を受けてもらうぞ」

「なんでですか!?」

「全てわかるんだろ?」

「それを言うなら瑠璃さんも私に関する問題に答えてくださいよ! 信じていないですが、私よりも私について詳しいんですよね?」

「ああ、いいだろう」

「どちらがお互いについて詳しいのか、勝負です!!」

「受けて立とうじゃないか。さぁかかってこい、挑戦者」

「その前提が微妙に気に食わないですけど……まあ、いいです。で、どっちから問題を出しますか?」

「俺からでOK?」

「どうぞ」

「問題、ででん!」

「セルフで効果音を入れるんですね……」

「明日、俺は何時に起きるでしょう」

「えっ……明日の起床時間ですか?」

「ああ。俺のことなら、全てわかるんだろ？」

「もちろんです。……えぇっと」

「わかってるくせに、考えているのか？」

「七時……ですか？」

「いや、俺もわからん。だからとりあえず保留だ」

「はい!?」

「そもそも未来のことなんてわからないからな」

「じゃあどうして出題したんですか！　自分でもわからないような問題を出さないでください」

「次からは気をつけることにしよう。さぁ、次は月の番だ」

「……問題、ででん！」

「かわいい」

「あ……ありがとうございます！」

「おい、早くしろよ」

「瑠璃さんがかわいいって言うからじゃないですか！　幸せな気分になったのでお礼くらい言わせてくださいよ」

「まだか？」

「……私の体重は何キロでしょう」

瑠璃は迷うことなく、

「43キロ！」

「私もわかりません。なのでとりあえず保留ですね」

「いや、それは話が違うだろ。今のは普通に正解だ」

「何がです？」

「前提条件を思い出せ。俺は本人よりも月について詳しいって言っただろ？　つまり本人が答えを把握してない時点で、何を答えようと俺の正解は決まっている。対して月は、俺のことを全て知っていると宣言してたからな。そもそも俺本人が知りえない問題に直面した場合、正解することはできず保留となる」

「むぅ……」

月は頬を膨らませる。

「まあさっき約束した通り、次からは自分がわかる問題を出すから安心しろ。逆に月は自分が把握していない問題を出してくれても構わないぞ？　なんせその時点で俺の正解は確定するからな」

「すごくムカつきます！」

「問題、ででん！」

その後もクイズでの勝負は続いていき、五分が経過した頃。

「じゃあ次は私ですね。問題、ででん！　私が一番好きな人は誰でしょう」

「……俺？」

「…………はい」

月は頬を桃色に染めながら頷いた。

「…………お前の勝ちでいいよ」

「えっ、本当ですか？」

「ああ。俺のほうが優勢だったのは間違いないけど、最後のお前の一手で勝ちを譲ってもいいかなって思えた」

「ふふっ。勝負事で瑠璃さんに勝てたのはめちゃくちゃ嬉しいです！」

「いや勘違いするなよ？　あくまで表面上の勝ちを譲っただけで、実質俺の勝利だから」

「あれ、私に負けた瑠璃さん。何か言いました？」

「その呼び方やめろ」

「わかりました！　私に負けた瑠璃さん」

「全然わかってねぇ！」

「あ、そろそろ出口ですね。私に負けた瑠璃さん」

「……そうだな」

「次は何が待っているんでしょうか。強敵がいるといいんですけど。私に負けた瑠璃さん」

「そういえば本気で殴りたいって言ってたな。次その呼び方をしたら、仮に強敵が待ち構えていたとしても俺が瞬殺するぞ？」

「私に負けた――」

「――ん？」

「いえ、なんでもありません」

「今言いかけただろ？　アウトだ」

「違いますよ！　セーフです！」

「じゃあ何を言おうとしていたんだ？」

「私に負けた……ことってありませんよね？　瑠璃さんって。基本的に」

「なんか不自然だな」

「いつもの四次元の思考回路を駆使して考えてみてください。理に適っているはずなので」

「…………確かに」

納得するんですね!?　と内心で思う月だった。

扉を開けると、オリハルコンの部屋が広がっていた。

部屋の中心には、上半身がおっさんで下半身が馬の化け物の姿。いわゆるケンタウロスというやつだ。

両手にはハルバードが握られている。

「我はファイナルステージ四天王の一人――」

月が高速で近づいて殴ったことにより、相手は破裂した。

進行方向上に血が飛び散る。

「おいおい、せめて最後まで喋らせてやれよ。一応あれがあいつの役割なんだから」

「ふぅ、すごくスッキリしました。魔人のせいで溜まっていたストレスが一気に吹き飛んでいきましたよ」

「それはよかった。じゃあ次は俺の番だ」

そう言って瑠璃は歩き出す。

「だめです。私の獲物を取らないでください」

「いや、今度は俺だから。そもそも月は今のでストレスが全部なくなったんだろ？　俺はお前から変な名前で呼ばれていたせいでムカついてるんだよ」

「はぁ……仕方ないですね」

その後、四天王たちがそれぞれの部屋で待ち構えていたのだが、瑠璃と月が交互に瞬殺していった。

そして二人が最後の部屋の扉を開けると、オリハルコンの通路が真っすぐ続いていた。

十分ほど進み続けた辺りで、巨大な扉の目の前に到着。

左側が赤色で、右側が青色。

どちらの取っ手部分にも変な形の窪みがある。

「なるほど……。このへこみ部分にぴったりはまる何かを、左右の通路からそれぞれ見つけてくるみたいですね」

「なんか魔王城、面白くないな」

ふいに瑠璃がつぶやいた。

「えっ？」

「ファイナルステージだっていうから多少警戒していたんだけど、ぬるすぎだろ」

「まあ確かに……」

「どうせ通路の先に行っても、弱い敵がいたりつまらない仕掛けがあるだけだろうし、もういいや。力ずくで開けるぞ」

そう言って彼は扉を押していく。

「私としても早く進めるほうがいいので、そうしましょう」

「…………」

「……って、何をしているんですか？　早く開けてください」

「いや、扉が予想以上に硬くて動かないんだけど」

「そんなことあるはずが……マジですか？」

「マジだ。今八割くらい力を入れているのに、びくともしない」

月は首を傾げる。

「う〜ん、信じられませんね。単純に想像がつかないです」

「じゃあやってみろ。もしかすると月が本気を出せば開くかもしれない」

「これで本当に開いたら私は瑠璃さんの八割よりも強いということですよね？」

「そうなる」

「なら頑張ります！」

月は扉に触れて一度深呼吸をする。

それから全身に力を入れ、思いっきり押した。

その瞬間、

「――きゃっ!?」

ものすごい速度で扉が開き、月の身体が前のめりになる。

並外れた身体能力でバランスを保ったため倒れることはなかったが、もう少し反応が遅れていれば顔面を強打していただろう。

月はすぐに体勢を立て直し、後ろを向く。

「瑠璃さぁん？」

「……ふっ。なんだ？」

瑠璃は手で口元を隠しながら返答。

「どうして笑いを堪えているんですか？　まさか私をはめたんですか？　白状してもらってい

いですか？」

「おかしいなぁ。俺が押しても全く動かなかったのに」

「……」

「どうやら月は俺の八割よりも強いらしい」

「……もう少しで顔に傷がつくところでした」

「安心しろ、俺の勘は当たるんだ。月の身体能力と反応速度を考えれば倒れないことくらいわかる」

「ということは、わざとやったんですね？」

「おし、進むか」

そう言って瑠璃は扉の先に続いている長い階段を上り始めた。

左右に黒い壁があり、幅がわりと狭い。

「わざとやったんですね？」

後ろから月の声が聞こえてくる。

「この階段めちゃくちゃ長いな。見える限りずっと続いているぞ」

「やっていいことと悪いことがありますよ？」

「案外宇宙まで続いているんじゃないか？」

「私、なるべく痛い思いはしたくありません」

「もしそうだとしたら、やっぱり俺くらいの肺活量でも息ができなくなるのかな？　そもそも空気がないわけだし」

「もう一度聞きますけど、どうして笑いを堪えていたんですか？」

「一度でいいから宇宙で泳いでみたいものだ」

「瑠璃さ～ん」

「今のレベルなら太陽のなかに入れそうだと思わないか？」

「……ふんっ！　これ以上無視し続けるなら、もう瑠璃さんのこと嫌いになりますから」

その直後、瑠璃は振り返って頭を下げた。

「申しわけございませんでした！　わざとです」

「……」

「ちょっと冗談のつもりでやりました」

「認めてくれるならそれでいいです」

「嫌いにならないでいてくれるのか？」

「まあ、私の考えが至らなかったせいでもありますし。……今思えば、空間そのものを破ることのできる瑠璃さんが開けられない扉なんて、この世に存在するはずないですよね」

「まあ、そういうことだ」

「だからといって上の立場に立たないでください」

「……悪い」

「それにしてもこの階段、異様に長いですね」

「だろ?」

「本当に宇宙まで続いているんじゃないかとすら思えますよ」

「ああ」

「瑠璃さんの肺活量をもってしても、宇宙空間で呼吸するのは厳しいでしょう」

「……」

「私も泳いでみたいです」

「おう」

「太陽のなかに入るのだけはやめてください。いくら瑠璃さんでも絶対に死にます。これは断言できます」

「俺のセリフを全部回収してくれてありがとう」

「私が瑠璃さんの言ったことを忘れるはずないじゃないですか。……今後の浮気防止のためにも、瑠璃さんの発言は全ておぼえますよ?」

「お、おう。愛が重たい」

「嫌ですか?」

「いや、むしろもっと執着してくれて構わない」

「じゃあお言葉に甘えて執着します。……よいしょっと」

月は彼の背中に飛び乗った。

「はぁ、仕方ないな。俺の月に対する愛と同じくらい重たいけど、我慢して終点まで運んでやるよ」

「微妙に上手いこと言いながら私の体重をいじらないでください！　別に大して重くもないですし。……あれ？　ということは、瑠璃さんの私に対する愛ってその程度だったんですか？」

「いや、それはない。俺はあくまで月《るな》の体重が月《つき》よりも重いことを前提として発言しているからな」

「もうめちゃくちゃですね」

　十分後。

　瑠璃はまだ月をおんぶして階段を上っていた。

「長すぎないか？」

「全然終わりが見えないです」

「時間の無駄だしそろそろ走ろうと思うんだけど、いいよな？」

「はい。ですが、いきなり全力はやめてくださいね？　心臓に悪いので」

「誰に言ってんだ。俺は今まで一度として月に危害が出そうなことをした経験なんてないだろ」

「どの口が言っているんですか！」

　そんなやり取りをしつつも、瑠璃は徐々にスピードを上げていく。

　全力とまではいかないが、それなりの速度で上がり続けること一時間。

ようやく終わりが見えてきた。

「なんだこのドア」

目の前で立ち止まり、瑠璃がつぶやいた。

木製で茶色。

銀色のドアノブ。

左右真っ黒の壁に挟まれており、明らかに不自然な見た目だ。

「家庭用……ですかね？」

「確かに日本でよく見るやつだよな」

返答しつつ月を地面へと下ろす。

「てっきりこの階段を上り切った先にラスボスが待ち構えているものだとばかり思っていたんですけど……全然そんな感じがしないです」

「入ってみればわかるだろ」


瑠璃が静かにドアを開けると……そこは和室だった。

十畳の広さで、なぜか仏壇にかわいいキャラクターのイラストが立てかけられている。

他にも、ゲームの箱や漫画が大量に並べられている本棚。

大きいテレビとゲーム機。

布団。

どれもダンジョンのなかにあるとは思えないような物ばかりだが、一番異様なのは部屋の中心に置かれているこたつで漫画を読んでいる男の子の存在だろう。

黒髪で九歳ほどに見えるその少年は瑠璃と月の存在に気づいたらしく、漫画から目を離す。

「あれ？　君たち地球人だよね？　やっとここまでたどり着いたんだぁ」

「誰だお前」と眉間にしわを寄せる瑠璃。

「僕？　僕は魔神《まじん》だよ！」

「魔神？」

「暇だったから地球にダンジョンとレベルシステムを創って遊んでいたんだ。……一生懸命頑張ってたどり着いた人間を弄《もてあそ》んで殺すためにね？」

そう言って魔神は嬉しそうに微笑んだ。

「……つまり、お前がダンジョンのラスボスということか？」

「まあ、そうなるかな」

「ちなみにお前を倒したらどうなるんだ？」

「んんー、言っても無駄だと思うよ？」

「は？」

「だって僕、強いから」

「いや、どう見ても俺のほうが強いだろ」

「あはは！　こんなダンジョンに苦戦するような人間程度が、僕に勝てるはずないじゃん」

「……」

「てっきり三年くらいで誰かたどり着くんじゃないかと思っていたんだけど、もう20年以上経つよ？　……はぁ、正直地球の人間にはがっかりしたね。他の異世界の子たちは、早くて半年でたどり着いたりするのにさ」

「は、半年って……」

月が驚きの表情を浮かべる。

「遅くて悪かったたな。お前が仕掛けたダンジョンの罠のせいで時間がかかったんだよ」

「あはは！」

「その笑い方やめろ」

「やめないよ。僕は僕がやりたいことをやりたい時にするんだ」

「で、お前を倒したらどうなるのかについては言わないのか？」

「だって僕が地球人みたいな下等種族ごときに負けるはずないからね」

「……お前、魔神のくせに三次元の考え方しかできないんだな」

「え？」

魔神が首を傾げる。

「そもそも地球人が下等種族だと誰が決めたんだ？」

「それはもちろん僕だけど」

瑠璃は小さくため息をつき、続ける。

「視野が狭すぎてがっかりした……。ダンジョンを創ったやつに出会えたらもっと面白い次元での話ができるかと思っていたのに、しょうもないなお前」

「何が言いたいのかな？」

魔神の口元が一瞬ヒクついた。

「偉い偉い魔神様の次元に合わせて、わかりやすいように説明してやる。この世には例外があるというのを教えてやろう。お前を軽く捻り潰すことでな」

「……君、今までで一番ムカつく生物だね」

「よし、決まりだ。今すぐ勝負するぞ」

「……」

「ほら、さっさとかかってこいよ。……あ、ちなみに殺しはしないから安心しろ。お前をこいつの両親のお墓に連れていく予定だから」

そう言って瑠璃は彼女の頭を撫でた。

「ダンジョンを創った元凶をお墓の前で土下座させる。……とうとう私の夢が叶いそうですね」

「だな」

「何言ってんの？　僕は土下座なんてしないよ？」

「いや、お前にしろなんて言ってねぇ。させるって言ったんだ。人の話はよく聞いとけ」

「もういいや。君面倒だし……転移」

Chapter 5-2

魔神がそうつぶやいた瞬間、景色が変わった。


地平線の先まで何もない荒れ果てた大地。

「これはすごいな。ちょっと見直したぞ」

「あはは！　でしょ？」

「まあ嘘だけど」

瑠璃が手のひらを返した直後、嬉しそうだった魔神の顔が一瞬にして無表情に変化した。

「……さぁ、始めよう。とりあえず下等種族を相手にするわけだし、第一形態からでいいか」

「瑠璃さん。まずは私一人で戦ってもいいですか？　正直第一形態なら勝てる気がします」

「あー、いいこと思いついた。何形態まであるのかはわからないが、交代で倒していって先に倒せなくなったほうが負けっていう勝負をしないか？」

「いいですけど……もし私が殺されそうになったら助けてくださいよ？」

「おう、当たり前だ。その場合は俺の勝ちになるけどな」

「ちなみにどっちかが最終形態を倒してしまった場合、勝敗はどうなるんです？」

「そりゃー倒したほうだろ」

「要するに運ってことですね」

「ああ」

「ねぇ、君たちマジでムカつくんだけど？」

気づくと魔神は男の子から化け物のような姿に変身していた。

真っ赤な全身で、紫色の翼が生えている。

身長が三メートルほどあり、吊り上がった真っ黒の双眼はとてつもなく鋭い。

「死ね――」

「――ていっ!!」

凄まじい速度で近づいてきた魔神を、月が反射的に殴った。


パァァァン！　という破裂音とともに相手が爆発。


周囲に真っ赤な鮮血が散った。

「どこが魔神なんだ？　第一形態にしても弱すぎだろ」

「ですよね。普通のパンチで倒せましたよ？」

「うわぁお。地球人とはいえ、さすがファイナルステージへたどり着いただけのことはあるね。じゃあ続いて第二形態だよ」

声のしたほうを向くと、少し離れた位置に黒いフードを被った魔導士が浮いていた。

「次は俺の番か。よく見ていろよ？　終わったぞ」

音すらなく魔導士が消滅していた。

「さすが瑠璃さんですね。私には到底真似できません」

「あれ？　君……今何したの？　全然見えなかったんだけど」

どこからともなくそんな声が聞こえてくる。

「普通に殴っただけだ」

「これは予想以上かも。さっきは下等種族とか言って馬鹿にしてごめんね？　どうやら君たちは二人とも普通レベルの力は持っているみたいだ。これは第三形態とか言ってられないな。だからそうだね……。次はかなり飛んで第八形態でいくね」

その瞬間、月の目の前に人型の化け物が出現。

真っ黒な肌で、衣服は紫色のブーメランパンツ一丁だけ。

身長は二メートルほどだろう。

だが、先ほどの第一、第二形態とは比べものにならないほどの圧を感じる。

身体の大きさが必ずしも強さと比例しないことを、月は充分に理解していた。

なんせ、瑠璃という存在をずっと間近で見てきたのだから。

「まずは弱そうな君からだ」

魔神が月に向かって強烈なパンチを放つ。

彼女はそれを少しだけ横にずれて躱《かわ》し、相手のみぞおち部分に右フックを合わせた。

直後、なぜか眉を顰めて魔神から距離を取る。

「うぅ……拳が痛いですぅ」

どうやら相手の腹のほうが硬かったようだ。

「当たり前だよ。この身体は防御力に特化してあるからね。普通の人間程度の攻撃が通るはずないよ」

そう言いながら魔神は高速で月へと近づいていく。

「だったら！」

月の容赦ない蹴り上げが、魔神の股間にクリーンヒットした。

「――っ!?」

局部を押さえてその場にうずくまる魔神。

月は止まることなく、相手の顔面を蹴り、殴っていく。

「このクソ女、痛いだろうがぁ！」

「きゃっ!?」

大声とともに放たれた裏拳が彼女の顎《あご》に命中。

真横に吹き飛びつつも、月は空中で体勢を立て直す。

「おいてめぇ。俺の女に何してくれてんだ」

「瑠璃さん！　最後まで私にやらせてください」

とっさに動こうとした瑠璃を彼女が止めた。

「でも」

「私は自分の力で勝ちたいんです！　けど、殺されそうになったらその時はお願いしますね？」

「……おう」

「あはは！　その判断が間違いだったと教えてあげるよ」

魔神は再び走り出す。

「あまり私をなめないでください。必殺、顔面ハイキック！」

そう叫びながら放たれた月の蹴りが――またもや相手の局部に直撃。

魔神は途中で月の狙いに気づいたようだが、ハイキックと言われて頭をガードしようとしていたため、間に合わなかったのだ。

「いったぁ!?　何がハイキックだクソが」

「ふふんっ。ハイキックだと言われて本当にハイキックがくるとでも思いました？」

更に放たれた月の膝蹴りが、相手の鼻に突き刺さる。

魔神は股間を押さえつつ真後ろへと吹き飛んだ。

時間差で鼻血が垂れてくる。

「股間をやられたせいでお腹が痛いだろうが、おい！」

「言っておきますが、瑠璃さんの攻撃はもっと痛いですよ？」

月は距離を詰めると、局部に向けて蹴りやパンチを何度も放っていく。

魔神は両手でガードしているが、月が相手ではノーダメージとはいかないらしい。

「おい変態女！　ち〇こばかり狙うのはやめろ」

「変態だろうと構いません。瑠璃さんがもらってくれますし」

「知るか」

「じゃあ今から本気出しますね？　もうバレていそうなので先に言っておきますけど、急所をマジで蹴り上げますから」

「まだ痛みが引いてないんだよ。もう少し待て！」

「待ちませんよぉ。必殺、ハイキック!!」

魔神は両手と股間に思いっきり力を込める。

その刹那、

月の本気の蹴りが首元に命中した。


ゴキッ！　という音が響く。

「なん……で」

魔神は悲痛に顔を歪めながらも目を閉じて動かなくなった。

「だから直前で言ったじゃないですか。ハイキックだって」

「……なんか月の近くにいたら俺のも蹴られそうだな」

ジト目でつぶやく瑠璃。

「蹴りませんっ！　使い物にならなくなったらどうするんですか」

「ん？　ああ、まあ確かに尿が排出できないときついよな。マジで蹴るなよ？」

「…………はい」

　とそこで、

「続いて第九形態いくよ？」


　倒れている死体からそんな明るいトーンの声が聞こえてきた。

　瑠璃は呆れたような表情で、

「おい、面倒だしもう最終形態でこいよ」

「えぇー。それだと手加減ができないんだもん」

「次は俺が相手だし、しなくてもいいぞ？」

「全く、君のその態度は本当にムカつくね」

「なら俺を殺すために最終形態になれ」

「……わかった。そこまで言うなら一番強い姿になってあげるよ」

　その言葉と同時に現れたのは――小柄な男の子だった。

「さぁ、始めようか」

　顔面に向かって放たれたパンチを、瑠璃は手のひらで受け止める。

「なるほど。最初の姿が実は一番強かったということか」

「そういうこと」

「興味本位で聞くんだが、その最終形態の姿で戦った者は俺以外にもいるのか？」

「えっとねぇ。二、三人くらいいたような気がする」

「へぇ」

「でもほとんどの子がここまでたどり着くことなく死んじゃうんだよね。だから今日は久しぶりにこの姿で戦えるから、嬉しくてしょうがないよ」

「俺も神と戦えるのは嬉しいな。さっきからわくわくが止まらない」

「瑠璃さん、ファイトです！　手伝いが必要なら遠慮なく言ってくださいね？」

「俺が負けることはないから安心しろ」

「――よそ見してると、死ぬよ？」

音を置き去りにするほどの速度で放たれた魔神の蹴り上げ。

狙いは瑠璃の股間。

瑠璃はきちんと相手の初動を見たあとで反応し、片腕でガードした。

「おい、月の真似すんな」

「ふふっ、いい反応速度だね。もしかすると過去最高に強いかも」

「当たり前だ」

「……いくよ？」

そう言って放たれた魔神の右ストレートを瑠璃が躱した直後、

——風圧によって背後の地面から大量の砂煙が巻き起こった。

瑠璃はその光景を一瞥《いちべつ》することなく、魔神の顎に左フックを入れた。

空間をも破壊できる威力がある攻撃をまともにくらった魔神は——微笑んだままその場で立ち止まっている。

「ふ〜ん。なかなかいいパンチだね」

「…………」

「どうしたの？　まさかその程度の攻撃で勝てるとでも思ってた？」

「いや、楽しくなってきたと思ってな」

「ならよかったよ」

「だからお前も全力でこい」

「いいよ」

その瞬間、魔神の姿が消えた。

「——ぐっ!?」

横腹に蹴りをくらった瑠璃は、真横に吹き飛ぶ。

それから顎を殴られて空中に浮かび上がると、刹那のうちに地面へと叩きつけられた。

「瑠璃さん!?」

心配そうに叫ぶ月。

「まさかこれで終わったりしないよね？　人間くん」

「……」

瑠璃は顔を歪めつつも、ゆっくりと立ち上がった。

脳が揺れてドロドロに溶けた景色。

スムーズに行えない呼吸。

そんな不快感のなか、彼は嬉しそうに口端を上げる。

久しぶりだったのだ。


死と隣り合わせになることで感じる、生きているという感覚が。


それは瑠璃にとって、何物にも代えがたい悦楽。

「ふふっ、すごいね。あれをくらって動けるんだ」

しかし、心のなかでどんなに嬉しく思っていても身体は正直で、

「全然、痛くない……げほっ！」

思わずむせてしまった。

「力の差がわかったでしょ？　僕と君とではそもそもの格が違うんだよ」

「うるせぇ。なめんな」

そうして瑠璃が走り出そうとした時、再び魔神の姿が消えた。

月どころか瑠璃ですらそれを追うことができない。

「君、態度のわりに弱いね」

気づくとみぞおちを殴られていた。

腹に力を入れる前の不意打ちだったため、瑠璃は一瞬にして意識を刈り取られ、そのまま地面へと倒れていく。

「嘘ですよね!?　瑠璃さん！　瑠璃さ……」

そんな大切な人の声を聞きながら。


瑠璃が目を開けると、そこは神秘的な部屋のなかだった。

円形になっており、窓が一切ない。

白色の壁に、金色の柱。

「初めましてじゃの、琥珀川瑠璃くん」

目の前にいるおじいさんが話しかけてきた。

白い顎鬚《あごひげ》を生やしており、真っ白のローブ姿。

「誰だあんた？」

「わしは地球を管轄《かんかつ》している神様じゃよ」

「神様？　……じゃあ、ここは？」

「ちょっと頼みたいことがあって、お主が気絶するのと同時に魂を神界へと呼んだんじゃ」

そう言われて瑠璃が自分の両手を見てみると、半透明だった。

「……そうか。俺はやられたのか」

「強かったじゃろ？　魔神は」

「もう一回やりてぇ。次挑んだら絶対勝てるぞ」

「それは頼もしいのぉ……」

「で、地球の神様とやらが俺になんの用だ？」

「単刀直入に言おう。魔神を倒して欲しい」

「そりゃーできることなら俺もやりたいけど、もう負けたんだよな。……ったく、マジで悔しいな。まだ全然本気を出してなかったのに」

「わしの力でお主を目覚めさせることはできる」

「……本当か？」

「更に、お主の全ステータスを一時的に十倍にしてやろう。これがわしの限界じゃ」

「それだけの力があるなら、なんでお前が魔神を倒さない？」

「わしでは無理じゃ。神としての格が違いすぎる」

「へぇ」

「勝手にダンジョンやらレベルシステムを地球に出現させられて、困っておったんじゃが……

魔神が相手では何もできん」

「それで俺をパワーアップさせて、あいつをやれと？」

「……う、うむ。そうなる」

「別にいいけど、何かお礼はもらえるんだろうな？」

「お礼？」

「そうだな……。勝った暁には何かひとつ俺の願いを叶えてくれ」

「う～む、願いを叶える……か。まあ、わしにできる範囲でならいいじゃろう」

「交渉成立だ。ただし、もし約束を破ったら俺がお前を殺すからな？」

「怖いのぉ。神が嘘をつくはずなかろう」

「そうか」

「じゃあもう準備を始めるぞ？　あんまり時間をかけていたらお主の連れも危ないじゃろうし」

「そうだ！　月が一人で残っている。おい、早くしろ！」

「まあ少し待たんか。お主のステータスを増やしてから蘇らせるからの」

「……遅い！　ぶっ殺すぞ？」

「お主、魔神よりも気性が荒いのぉ」

とその時、瑠璃の全身から水色のオーラが放出され始めた。

「おぉー、身体の奥底から力がみなぎってくる」

「すごいじゃろ？」

「無駄口を叩くな。さっさと蘇らせろ」

「ほいほい」

神様が瑠璃に触れた直後、瑠璃の姿が消滅した。


「ほらほら人間の女。もっと頑張らないと、愛しの男が死んじゃうよぉ？」

「……むぅぅ」

月は倒れている瑠璃の身体を守るようにして、魔神の攻撃を受け続けていた。

もちろん魔神は本気で月にダメージを与えているわけではない。

わざと手加減して彼女を弄んでいるのだ。

「さっきはよくも僕のあそこばかり攻撃してくれたね？　でも残念ながら、この姿の僕を相手に同じ手が通用するとは思わないほうがいいよ」

そう言いながら放たれた魔神のローキックが、月のふくらはぎに命中。

彼女は歯を食いしばって痛みに耐えつつも、同じように蹴り返す。

「あはは！　弱すぎて全然効かないよ？　これが見本」

再度魔神のローキックがふくらはぎに命中し、月は思わずバランスを崩した。

地面に手をつき、目に涙を浮かべる。

悔しい感情と痛みで少しずつ精神が削られてきているのだ。

「あれ？　もう抵抗しないの？」

「ぬぅぅ……」

「そんなんじゃ全然面白くないよ。僕は愛する者のために必死になる人間の姿を見たいんだから、もう少し頑張ってくれる？」

「言われなくても――ぐぅ!?」

高速で腹を蹴られ、月は真後ろに吹き飛んだ。

地面を転がり、ちょうど倒れている瑠璃と衝突。

「うっ……」

蹴りが予想以上に痛かったのだろう。

彼女は相手に背を向けて、瑠璃の胸に顔を埋《うず》めた。

「そんなことをしていたら二人同時にやっちゃうよ？」

「……」

「ほらほらぁー！」

「うぐぅぅ」

「惨めだねぇ？　普通の人間くん」

「いたっ……あぁぁぁ」

魔神は笑いながら月の背中に連撃を入れていく。

「安心して。すぐには殺さないからさ」

「……っ」

「ちなみに僕が手加減をやめたら、君の背中なんていつでも貫けるからね？」

「……やめ……て」

「じゃあ避けたら？」

「……っ！」

月は勢いよく瑠璃を抱っこし、走り出した。

しかしすぐに追いつかれてしまう。

「よっと」

「きゃっ!?」

足払いをされ、彼を抱きかかえたまま転んだ。

「あはは！　逃げるなんて無様だね。まるで地を這う虫けらみたいだよ？」

「う、うるさいです」

「てっきり普通くらい強いのかと思っていたんだけどな。……僕、虫けらには興味ないや」

「まだ……負けてませんっ！」

月は瑠璃を地面に下ろし、膝を震わせながらもゆっくりと立ち上がった。

そして瑠璃を守るようにして前に立ち、魔神と向き合う。

「……もう殺すね」

魔神は拳を握り、微笑んだ。

「バイバイ」

そうして放たれるパンチを前に、月は思わず目を閉じてしまう。

この相手には勝てない。

そもそもの格が違う。

そう身体が勝手に判断し、諦めてしまったのだ。

静かにくるはずの痛みを待つ。


だがいくら待っても、パンチが月に命中することはなかった。

疑問に思い、おそるおそる目を開けると……いつも見てきたあの傷だらけのたくましい手が、魔神の拳を受け止めていた。


「待たせたな、月」


後ろで気絶していたはずの瑠璃がそこにいた。

身体全身に水色のオーラを纏《まと》っている。

「瑠璃さん!?　……って、その身体はどうしたんですか?」

「地球の神様とかいうやつにパワーアップしてもらった」

「……？」

怪訝そうな表情を浮かべる月。

「いや、マジなんだって」

するとそのやり取りを聞いていた魔神はなぜか空を睨み、

「あいつ、余計なことしやがって。……あとで殺す」

「まあでも目の前に魔神がいますし、地球の神様が存在していてもおかしくはないと思いますけど……」

「とにかく神様が言うには全ステータスが一時的に十倍になっているらしいし、正直さっきもあまり本気を出していなかったからな。今度は絶対あいつを殺さない程度に殺す」

「なら、私も一緒に戦います」

「いや、後ろに下がっていてくれ。正直力を制御できる自信がない」

一瞬言い返そうとした月だったが、化け物みたいなステータスを持っている瑠璃の強さが更に十倍になった状態を想像し、納得したように頷いた。

「……確かにそうですね。けど、私が必要になったらすぐに言ってください」

「おう。その時は頼んだ」

「はい！」

瑠璃の言葉に返答し、彼女は二人から距離を取った。

魔神は一度「はぁ」とため息をつき、

「まあいいや。下等な神ごときが手を貸した程度で僕の有利は揺るがないし」

「言ってろ」

「じゃあいくよ？」

「こっちからもいくぞ――」

その刹那、瑠璃の姿が消えた。

同じタイミングで魔神の姿も消える。

「えぇ……なんですかあの速度!?」

二人は閃光のように地面や空中を移動していく。

瑠璃の身体から放出されている水色のオーラがなければ、月の動体視力をもってしても目で追うことは不可能だろう。

それほどまでに人外な速さだ。

殴り合って別の場所へ移動したあとに音が遅れて聞こえてくる。

「一緒に戦っていたらむしろ足を引っ張るところでした」


「人間なめんなぁ！」

瑠璃の連続パンチが相手の鼻、首、鳩尾《みぞおち》、股間へと同時に向かっていく。

魔神はそれを冷静に両手でいなし、瑠璃の横腹にミドルキックを叩きこんだ。

「ゲホッ……」

彼は口から血を吐き出しつつも、一瞬の間も空けることなく魔神の股間を蹴り上げた。

容赦のない急所攻撃をくらった魔神は、一瞬不愉快そうな顔をするもすぐに微笑む。

「顔、がら空きだよ？」

「お前もな」

同時にお互いの顔面へパンチが炸裂。

二人は左右に吹き飛びながらもそれぞれ体勢を立て直し、再び相手に向かって走り出す。

「はは、久しぶりに全力を出せたよ」

「そうか――よっ！」

魔神と接触する直前で大ジャンプ。

地面から大量の粉塵が舞い、瑠璃は一瞬にして雲の上へと到着した。

「ここだよ」

声が聞こえたタイミングで、瑠璃は後ろ回し蹴りを放つ。

それは運よく魔神の顎に命中し、多少のダメージを与えた。

「痛いなぁ……もう」

「ならもっと痛そうにしやがれ――っ!?」

気づくと瑠璃は脳天に踵落としをくらっており、急降下し始める。

「一瞬気が緩んだね？」

空中を蹴って加速し、彼のあとを追う魔神。

「いってぇ」

瑠璃はなんとか体勢を立て直そうとするも、脳が揺れているせいで身体が思うように動かない。

「あれ、もう追いついちゃった。ん、どうしたの？　逃げないの？」

「う……るせぇ」

「じゃあ、もっと速く落としてあげるね」

魔神の容赦ないパンチが顎に命中し、瑠璃の落下速度が更に増した。

「くそ、あいつ」

「あっ、親切心から教えてあげるけど、もうすぐ地面に着くよ？」

そう言いながら相手はゆっくりと拳を握っていく。

「これはマジでやばい」

「準備はいい？」

魔神がパンチを放つ直前――瑠璃は全力で身体を捻った。

それによって急所ではなく左肩が魔神の拳と地面の間に挟まれ、ゴキィィ！　というえげつない音が響く。

左肩が粉々に砕けたようだ。

瑠璃は一瞬眉を顰めつつも、すぐに口端をつり上げて相手の胸倉を掴む。

「捕まえたぞ」

「おぉ、すごい。かなりの痛みのはずなのに、よくそんな楽しそうな顔ができるね」

「――おらぁ!!」

魔神の胸倉を引き寄せ、鼻に思いっきり頭突きを入れた。

「もー! 痛いじゃん」

「俺のほうが痛い思いをしてるっての」

「ははっ、それもそうだね」

「というかお前、嘘ついてるだろ」

「え?」

「全然本気を出している気がしないぞ」

「あ、バレた? うん、そうだよ」

「やっぱりか」

「接戦って楽しいじゃん」

「まあ、その意見には同意だ」

「だからわざと君の力に合わせてあげているんだよ」

「でも、それはあまり気持ちのいいものではないな」

「だって魔神である僕が本気を出したら、簡単に終わっちゃうんだもん」

「気に食わねぇ」

「あはは! 何度も言うようだけど、神と人間ではそもそもの地力が違うんだよ」

「……シュッ」

瑠璃は寝転がったまま、相手の顔面に向かって右ストレートを放った。

しかし、魔神はそれを余裕の表情で躱す。

「遅すぎるって」

「くそっ……」

「あ、じゃあ、少しの間だけ本気を出してあげようか？」

「最初から出せよ」

「ふふっ、スタート！」


そう声を張った瞬間、魔神の姿がぶれて、気づくと瑠璃の身体がボロボロになっていた。

「はい、終了。見えなかったでしょ？　僕が本気を出すとこんな感じなんだよ」

「……」

「にしてもすごいね。いくら下等な神から加護を受けたといっても、僕の本気を受けて生きているなんて……。普通無理だよ？」

瑠璃はゆっくりと立ち上がり、口を開く。

「どうした？　魔神の全力ってのは、その程度か？」

「ん？」

「もっと打ってこいよ」

「君本当にすごいね。じゃあ特別にサービスしてあげる。延長料金は無料でいいよ」

再び魔神の姿がぶれたかと思えば、瑠璃は地面に倒れていた。

左肩だけでなく、肋骨二本、鼻骨《びこつ》、左手骨《ひだりしゅこつ》など、いろんな箇所が折れている。

更に右の鼓膜も破れているようだ。

それでも彼は立ち上がる。

「ふぅ……。ちょっと動きが見えるようになってきた」

「わお、まだ立てるんだ」

「お前神のくせに弱いんだな。これなら勝てそうだ」

「そんなボロボロの身体で何を言ってるの？」

「ボロボロ？　どこがだ？」

「ふふっ。その強がりがいつまでもつかな――」

またもや繰り出される魔神の攻撃を、

――瑠璃は片手で十回以上弾いた。

しかし手数の差にやられ、最終的に地面へと叩きつけられる。

だがその一秒後、彼は平然とした様子で立ち上がっていた。

「不思議とやられるたびにお前の動きが遅くなっていく」

「はぁ？」

「まさかとは思うが、手加減しているのか？」

「そんなことするはずないじゃん」

「ならさっさと攻撃してこい。そんなんじゃ俺は倒れないぞ？」

「あぁー。やっぱり君、ムカつくなぁ」

瑠璃は速いスピードで近づいてくる魔神をじっと観察し、一直線に顔面へカウンターを入れた。

「――っ!?」

相手は鼻血を放出しつつ、ものすごい速度で後ろへと吹き飛んでいく。

「やっぱりあいつ手加減してんだろ」

そうつぶやきながらも、瑠璃はなにか違和感を感じていた。

まるでダメージを負うたびに身体能力が上がっていくような。

「……もしかして」

そこで、とあるスキルのことを思い出す。

【弱者の意地：逆境になるほどステータスがアップする】

「そういえばそんなスキルを習得したな」

「今ようやく気づいたよ。……君、レベルをカンストさせてあのスキルを手に入れたんでしょ？」

魔神は瑠璃の目の前へと戻ってくるなり、納得したように言った。

「俺も今思い出した」

「なるほど……。じゃあ時間をかけるのは悪手かもね。次からは容赦なく殺しにいこっと」

「今更おせぇよ」

「それはどうかな？」


それから瑠璃と魔神は、ほぼ互角の戦いを行っていった。


フェイントなどの駆け引きは一切行わず、ただひたすら相手を倒すために攻撃。

お互いに最小限のガードだけをして、くらってもいい攻撃は無視して攻める。

殴るたびにお互いの血が飛び散って、ダメージが蓄積されていく。


瑠璃は肩が砕けていて左腕が使えないということもあり最初は魔神が優勢だったが、徐々に逆転していった。

傷ついてＨＰが減っていくごとに瑠璃の全ステータスが上昇していくのだ。

もっと強く、もっと速く動けと心臓の鼓動が巨大なリズムを刻む。

乾いた空気をたくさん吸い込むたびに、喉や肺が悲鳴を上げる。

いつの間にか目に溜まった血のせいで視界が真っ赤に染まっていた。

それでも瑠璃は止まらない。


むしろ、今まで一番の笑みを浮かべていた。

楽しくて仕方がない子どものような無邪気な笑顔。

あまりの速度に二人の拳から光が見える。

そんな常識外れな戦いは……長くは続かなかった。


突然線が切れたように、瑠璃の意識が飛んだ。


限界だった。

動きたいという意思があっても、身体が崩壊を防ぐためにブレーキをかけたのだ。

瑠璃の強靭な精神力により、すぐに意識を取り戻すことはできたが、その時にはもう遅い。

魔神のパンチがすぐ目の前まで迫っていた。

気が抜けた状態での被弾。

さすがの彼も焦りを感じ、大ダメージを覚悟したその時、

「――うっ!?」

魔神が何者かに殴られ、真横へと吹き飛んでいった。

「ふぅ。なんとなく瑠璃さんが危ないような気がして助けにきたんですけど……どうやら間に合ったみたいですね」

そこにいたのは月。

先ほど殴った反動のせいだろう。

彼女の拳からは大量の血が流れている。

「月?」

「大丈夫ですか?」

「……助かった。ありがとう」

「当然です」

「はぁ……。せっかく真剣勝負をしていたのに、邪魔しないでくれるかな?」

魔神がこちらへと戻ってきながら不機嫌そうに言った。

月は痛々しい拳を強く握り、

「嫌です! 私は瑠璃さんを守るって決めてますから」

「弱いくせにしゃしゃるな、雑魚」

「その雑魚に吹き飛ばされたのはどこの誰ですか？」

「チッ、油断しただけだっての。お前鬱陶《うっとう》しいし先に殺すね――――」

「――月っ、危ない!!」

「きゃっ!?」

とっさに彼女を突き飛ばしたことにより、魔神の強烈な右ストレートが瑠璃の胸部に直撃。

瑠璃は抵抗することなく地面に崩れ落ちた。

「る、瑠璃さん!?」

「あ、今のは終わったかな？」

「瑠璃さん!!」

月はすぐに体勢を立て直し、彼の元へと向かう。

「死んでいたとしても君のせいだからね」

「……瑠璃……さん」

瑠璃は倒れたまま動く気配がない。

「はぁ……。邪魔さえ入らなければ、もっと気持ちいい終わり方だったのになぁ」

「……瑠璃さん。いつもみたいに、すぐ立ち上がりますよね？」

月は彼の身体を揺する。

「立ち上がらないよ？　心臓を停止させた手ごたえがあったもん」

「どうせ生きているんでしょ？」

「無駄だって」

「私を守るって言ってくれたじゃないですか」

「……」

「約束を破るんですか？」

「……」

「もし勝手に死んだら、私が殺しますよ！」

「まあいいや。もう君も殺すね」

魔神は落胆したような表情で拳を構える。

「……瑠璃さん！　起きてください!!」


「おう、起きたぞ」


「「え？」」

月と魔神の声が重なる。

瑠璃はその場に立ち上がりながら、

「いやー、さっきのはさすがにやばかったな」

「君……なんで生きてるの？　心臓は確かに止めたはずだけど」

魔神が首を傾げて尋ねると、彼は真顔で返答する。

「魔神のくせに三次元みたいな思考しててんじゃねぇよ。心臓を止めた程度で心臓が止まるはずないだろ」

「相変わらず何を言っているのかわかりませんよ!?」と月。

瑠璃は彼女に向かってサムズアップしつつ、

「心臓が停止した感覚があったから、胸に力を入れて無理やり始動させてみた」

「もう生物とは思えません。……でも、死なないでいてくれて本当にありがとうございます」

「俺が死ぬわけないだろ」

「ふふっ、ですね」

「おい魔神。というわけだから、続きをしようぜ」

「あはは! 君本当にすごいや。もしかすると下等な神よりも強いんじゃない?」

「当たり前だ。俺は最強だからな」

「じゃあ始めよう。自称最強くん」

瑠璃と魔神は再び殴り合いを始めた。


月は遠くへと移動し、真剣な表情でそれを見つめる。

自分の入る余地がないというのもあるが、純粋に瑠璃の邪魔をしたくなかった。

もちろん大切な彼が危なくなれば助けに入るつもりだが、今はその時ではない。

ゆえに距離を取って彼らの戦いを見守ることにしたのだ。

彼女の目に映るのは【壮絶】そのもの。

瑠璃から放出されている水色のオーラのおかげで二人の姿はギリギリ追えるものの、攻撃が全く見えない。

凄まじい破裂音だけが聞こえてくる。

「瑠璃さん……頑張ってください」

月は祈るように両手を合わせてつぶやいた。

「わお、すごい。君また強くなってる」と嬉しそうに魔神。

「お前が創ったスキルのおかげでな」

「あはは、じゃあ創っておいてよかったよ。てい！」

魔神の放ったアッパーが顎に直撃し、瑠璃は宙に浮いた。

骨が折れるような音がしたにもかかわらず、表情は一切変わっていない。

瑠璃は追撃してくる魔神の姿を目で捉えつつ、

「お前こそ、強さの底が見えねぇ」

「だって魔神だもん」

「そればっかりだ……な!!」

瑠璃の高速の右フックが相手の頬に命中した。

「痛いよ」

「ならもっと痛そうにしろ」

「ふふ、だって全然痛くないんだもん」

「……やっぱりか」

「君のほうは痛いんでしょ？」

「安心しろ。俺も全然痛くねぇ」

「さすがにそんなボロボロの身体で言うのは無理があるよ」

「うるせぇ」


ひたすら殴って、殴り返す。

特別な技術など何も存在しない、あくまで純粋な【力】と【力】のぶつかり合い。

人類最強の男と魔神は、子どもでもできるそんな単純なことを真剣に行っていた。

瑠璃は決して特別じゃない。

最初から強者だったわけではなく、体格に恵まれていない代わりに戦闘センスが高かっただけの男の子だった。

しかし彼は誰よりも努力した。

どれだけ満身創痍になろうとも、ひたすら魔物を倒して食らい、レベルを上げ続けた。

だから今、こうして魔神と戦うことができている。

「まだまだぁ!!」

瑠璃はだんだん、自分が殴っているのか、殴られているのかわからなくなってきていた。

平衡感覚も曖昧だ。

身体はとうに限界を迎えている。

それでも相手を攻撃し続ける。

「ここだっ！」

そんな魔神の言葉と同時に目元を殴られた瞬間のことだった。

瑠璃の頭のなかに、天神ノ峰団の村雨と赤松の顔が浮かんできた。

『引き止めてすまなかった。どうしても挨拶がしておきたくてな』

『す、すみません。それでは俺はこの辺で失礼します。…………はぁ。やっぱり俺にだけ当たりが強いような気がするんだよなぁ』

「なんであいつらの顔が……」

続けて金髪の空蝉が浮かんでくる。

『ファイナルステージに行くなら、気を引き締めていけよ？』

「お前に言われなくてもわかってるっつーの」

巨大な鎧を着たおっさんのにやけ顔も。

『頑張ってください！　昔からずっと応援しています』

「おう、ありがとな」

「さっきから何をつぶやいてるの？」

そう言って放たれた魔神の後ろ回し蹴りを受け、瑠璃は吹き飛ぶ。


同時に家族の姿が浮かんできた。

『……瑠璃』

『お兄ちゃん』

『瑠璃。一応言っておくが、死んだら俺がお前を殺すからな？』


「うるせぇ」

瑠璃は微笑みながら返答。

「うるさいのは君だよ。さっきからさ」

眉を顰める魔神に対し、彼は笑顔を崩すことなく、

「悪いな、走馬灯が見えるんだよ」

「あ～、そうだったんだ。じゃあもう終わりが近いってことだね。君との戦いが終わるのは残念だけど、仕方ないか。……充分楽しんだし、そろそろ生から解放してあげるよ」

「気をつかってくれているところ申しわけないが、俺は死ぬつもりはない。……絶対にな」

「ふふっ。そんな君に、特別に面白い技を見せてあげる」

「面白い技？」

「正直あんまり好きな戦い方じゃないからやらなかったんだけど、どうせ次で最後になるわけだし、君もサクッと死にたいでしょ？」

「何言ってんだ？　さっきから」

「つまりこういうこと」

魔神が指をパチンッと鳴らした瞬間、

――瑠璃の身体に纏っていた水色のオーラが消えた。

それだけでなく、ものすごい重量感に襲われる。

「お前……何を？」

「君個人のステータスを操作して、レベル１に変更したよ。ＨＰはあと１くらいは残っている状態じゃないかな？」

「そんなわけないだ……あれ？」

パンチを繰り出そうとするも、なぜか身体が動かなかった。

全身が疲労しすぎているというのもあるが、脳から発信する信号と肉体が上手いことリンクしない。

レベルカンストに慣れていた状態から、いきなり一般人に戻ったからだろう。

「更にほいっと」

再び指を鳴らした直後、魔神の全身にあった傷が全て癒えた。


「なっ!?」

「ふふっ、全回復しちゃった」

「…………」

何がどう転んでも覆らない、絶望的な状況。

だが。

それでも、瑠璃の闘志は一切衰えていない。

全身の痛みに耐えながらも、相手を睨み続けている。

「じゃあいくよ？　万全状態の僕が、レベル1の人間を本気で殴る。……確実に何も残らないだろうね」

魔神はゆっくりと拳を構え、微笑む。

「バイバイ」

そんなつぶやきが聞こえた瞬間——脳内に月の顔が浮かんできた。

『瑠璃さん。大好きです』


いつも一緒にいた大好きなパートナー。

少々口は悪いが、そんなところも含めて全てがかわいかった。

無事に生きて帰ることができたら結婚しようと約束していた。

けれど、

「俺もだ……月」

その言葉を最後に、瑠璃は消滅した。


「――りさん!?」

今まで遠くから戦いを見守っていた月が少し遅れてやってきたが、もうすでに彼はその場にいない。

「嘘……ですよね?」

「ふぅ～、地球人って案外すごいんだね。今までで一番強かったよ。これは評価を改める必要があるかも」

「る、瑠璃さんをどこにやったんですかぁぁぁ!!」

月は目に涙を浮かべながら叫んだ。

「ん？　殺したよ？」

「嘘をつかないでください！　あの人が死ぬはずありません！」

「でも君も見ていたでしょ？」

「そ、そんな……」

「そもそも僕に立ち向かったことが間違いなんだよ」

「……瑠璃……さん」

月の脳裏に、彼の姿が浮かぶ。


小柄で。

でも強くて。

心の底から大好きだった人。

「そんなの……やですよぉ」

月は頬を膨らませて涙を堪える。


『うん。俺が第一位の琥珀川瑠璃』

『大切なのは命の長さじゃない。生きている時に何ができるか……俺はそう思うけどな』

『これが四次元の思考回路だ！』

出会いはオリハルコンの部屋のなか。

最初は不快だと思うことも多かったが、時間が経つにつれてだんだん彼のことが好きになっていった。


『おう月。さっきぶり！』

『天神ノ峰団に所属している鳳蝶月をもらいたい』

地下大国の牢屋にあっさりとした表情で助けにきたり。


『ったく、冷たくて気持ちいいじゃねぇか！』

湖で楽しく遊んだり。


『月。絶対俺の顔見るなよ』

初めて抱きしめ合ったのは、雪原のなかにあった洞窟内での出来事だった。

『……こんなにおいしい物は初めて食べた』
魔女の森で串焼きを食べた時に初めて彼の涙を見た。

『……月、好きだ』
『月が世界最強である必要はない。俺がお前を守るからな』
『やめねぇよ。……お前が好きだから』
たくさんの思い出が止まることなく溢れてくる。

『……生きてファイナルステージから帰ってこられたら、俺と結婚しような』

真剣な表情でそうつぶやく瑠璃を思い浮かべた瞬間、月の涙腺が崩壊した。
顔がくしゃくしゃに歪み、目から涙が溢れてくる。
次々と頬を伝って顎に溜まり、乾いた荒野へと零れ落ちていく。

胸が締めつけられる感覚。
息が上手くできず、苦しい。

「瑠璃さぁぁぁぁぁぁん!!」

耐えきれずに彼女が慟哭を上げた、
——その時だった。

瑠璃が先ほど消滅した場所が、光り始めた。

「「……え?」」

魔神と月は、その光をじっと見つめる。
光は徐々に大きくなり、
やがて人の形が形成された。
そして光の粒子がひとつ残らず空へと登っていった時、その場には見おぼえのある人物の姿が。

布の服を着た琥珀川瑠璃。

だが、月が知っている普段の彼とは明らかに様子が違う。

髪が白色に輝いており、全身から真っ白なオーラが放出されている。

更に魔神との戦闘によって負った傷が全て回復していた。

月は腕で涙を拭いながら、

「……瑠璃……さん？」

「あれ？　俺……死んだよな？」

「は……はい」

「ということは生き返ったのか？　……って月、めちゃくちゃ泣いてるじゃん」

「だって……。だって、仕方ないじゃないですか！　瑠璃さんが死んだんですよ⁉」

「……ごめん」

「嘘でしょ？　その光……まさか」と魔神。

「ん？　お前何か知っているのか？」

「絶対神……様？」

その単語を聞き、瑠璃は「あっ！」という表情を浮かべる。

「なんか指輪をもらったな。つけていたら面白いことになるって言われた記憶があるぞ」

「なんで人間ごときにあの御方が……」

魔神は信じられないといった様子。

「えっ、瑠璃さん。どういうことですか？　全然話が見えてこないんですけど」

「そういえばまだ月には言ってなかったな。実はサードステージの最下層で、絶対神とかいうやつと会話をしたんだよ」

「？　……あぁ、なるほど。それですぐボスステージに転移してこなかったんですね？」

「その通りだ。にしてもさっきから力がどんどん湧き上がってくるぞ」

「見た目からしてやばい感じが伝わってきます」

「ちょっとステータスを見てみるか」

瑠璃はメニュー画面を操作していく。

【琥珀川《こはくがわ》 瑠璃《るり》　男
ＬＶ９９９９不可説不可説転
ＨＰ――
ＭＰ――
攻撃力――
防御力――

素早さ——
賢さ——
幸運——

『所持スキル一覧』
HPアップLV2999997
攻撃力アップLV7000000
弱者の意地LV1】

「いや、これはマジでやばいだろ」

「こんな単位……聞いたこともありません」

月がステータス画面を覗き込んで言った。

「とにかくこれで魔神に勝てそうだ。……おい、お前。戦う準備はできているか？」

瑠璃の問いかけに魔神は怯えたような表情で首を左右に振る。

「ま、待った！　君がどのくらいのステータスになったのかは知らないけど、もうやめよう。……ね？」

「今更何言ってんだ」

「まだ今期のアニメを全部見てないし、漫画も読み終えてないんだよ」

「あー、じゃあ大人しくついてこい。お墓の前で土下座するなら、許すかどうか考えてやるよ」

その瞬間、魔神の雰囲気が変わった。

「は？　何借り物の力で調子に乗ってんの？　僕が人間ごときに土下座なんてするわけないじゃん」

「じゃあ無理やり連れていくまでだ」

「はぁ……。いずれあの御方に挑む時のために何万年も力を溜めていたんだけど、やりたくないことをやらされるよりかはマシだよね？　力ならまた溜めればいいし」

「何言ってんだ？」

「僕に力を解放させたこと……あの世で後悔するんだね」

そう言って指をパチンッと鳴らした直後、

――魔神の全身から真っ黒のオーラが放出され始めた。


「あはは！　これで僕のレベルは無量大数を超えたよ」

月は何かに気づいたらしく、彼に耳打ちする。

「瑠璃さん。無量大数って、確かそんなに大きくないですよね？」

「ああ。不可説不可説転の足元にも及ばないぞ」

「やっぱり……」

「ま、なんか面白いから調子に乗らせておこうぜ」

「性格悪いですね」

「だろ？　……あーあと、一応俺の後ろに隠れておけ」

「あ、はい！　そうします」

「何こそこそと話してるの？　逃げる算段でも立てていたのかな？　でもここは僕が創った世界だから、どこにも逃げ道はないよ？」

「マジかよー。これは詰んだかもしれないなー」

「ふん、じゃあ今度は最初から全力でいくね」

そう言うなり魔神は両手を広げて、背後に大量の魔物を創り出していく。


全身から無数のトゲが生えた片翼のこうもり。

黒いローブを纏い、巨大な鎌を持っている死神。

岩石が集まって構成された常識外れなサイズのゴーレム。

四本のギザギザした翼が生えた竜。

浮遊して苦しそうに叫んでいるゴースト。

目鼻口が存在しない細身の堕天使。

無数の触手が生えた目玉。

皮膚が焼けただれたゾンビ。

魔女王とほうきに跨《またが》っている魔女たち。

獣人の王様と複数の獣人。

その他にも、今までダンジョンに出現していた魔物たちが勢ぞろい。

合計で十万体は優に超えているだろう。

その全てが真っ黒なオーラに包まれており、異様な雰囲気を漂わせている。

今までの魔物とは比べものにならないほどの強さを秘めているようだ。

一応強さを比較するならば、最弱のスライムですらオリハルコンの部屋にいた白竜よりも上。

「行け！」

魔神が瑠璃を指さした瞬間、ものすごい速度で魔物たちが動き出し、

――気づくと全てが消滅していた。


数秒ほど遅れて「は？」と驚きの声を上げる魔神。

瑠璃は自分の両手を見つめながら、

「ふぅ、ギリギリ制御できるな」

「瑠璃さん。一応聞きますけど、今何を？」

月の問いかけに彼は落ち着いた口調で返答。

「力を入れるのが怖かったから、あえて一体ずつゆっくりとデコピンで倒してみた」

「…………」

「お前、さては信じてないだろ！」

「信じてはいます……。ただ、どう反応していいのかわからないだけで……」

「一体ずつデコピンで？　何でたらめ言ってんの？　あの数を相手にそんなことできるわけないじゃん――」

魔神は一瞬で瑠璃へと近づき、全力で殴りかかる。

しかし、白いオーラに阻まれ、瑠璃の身体へと到達する前に拳が止まった。

「あれ？」

「何やってんだお前」

「う、嘘でしょ？　……今の僕の攻撃力なら、世界の理《ことわり》にすら干渉できるはずなのに」

「お前やっぱり頭悪いな」

「はぁ？」

「世界の理に干渉できる程度で、俺に干渉できるはずがないだろ」

「全然意味がわからないよ」

「だろうな。お前最初からずっと頭が固かったし」

「うるさい！　だったら時間を完全に止めれば」

そう言って魔神が指を鳴らすも、瑠璃の時間が停止することはない。

「やっていることがサードステージの魔女王と一緒だぞ？」

「なっ……あ、そうだ！　レベルを消せばっ」

魔神が再び指をパチンッと鳴らすも、やはり瑠璃の身体にはなんの影響もない。

「なんで……」

「このレベルは絶対神が俺に与えたものだ。どう考えてもお前が創ったシステム外だろ。三次元の常識すら備わってないのか？」

「黙れ！」

魔神は一度バックステップを踏んだあと、追い詰められたような表情で魔法を構築し始めた。


億を超える漆黒の剣。

万単位の黒いリング。

更に周囲の粒子を極小のダイヤモンドへと変換。


それらを無造作に発射していく。

半分自棄《やけ》になっているようだ。

しかし攻撃が瑠璃たちに届くことはない。

月に流れ弾が当たったら嫌だなと脳内で思った瞬間、二人の周囲に光り輝くバリアが展開された。

合計枚数は一兆を超えているにもかかわらず、薄さはミクロンにも満たない。


魔神の猛攻は30秒ほど続いたが、結局一枚としてバリアが破られることはなかった。

「クソッ、これならっ！」

続いて右手を掲げたかと思えば、何もない空間に亀裂が入り——グワッと開いた。

なかでは黒と灰色の二色で構成された波が不規則に揺れている。

これは次元の狭間に位置する場所だ。

そんな穴のなかから、複数の化け物が出現。

全身真っ白で目がギョロッとしている巨大クジラ。

漆黒の翼が生えていて、折れそうなほど細い四肢の悪魔。

いつまで経ってもしっぽの終わりが見えず、永遠に続いているのでは？　と思うほど長い大蛇。

魔神はそんな三体に向かって叫ぶ。

「お前たち、あいつらを跡形もなく消すんだ!!」

クジラ、悪魔、大蛇は瑠璃に視線を向け…………一目散に穴のなかへと戻っていった。

「ちょっと、何やってるんだよ!?」

「お前が何してんだ」と呆れたように瑠璃。

あの三体は魔神が趣味で飼っていた、次元の狭間に住む化け物なのだが、瑠璃との圧倒的な戦力差を感じ取って、すぐさま逃げる判断をしたようだ。

飼い主の命令よりも自分たちの命のほうが大切らしい。

一応補足をするならば、それぞれが常識外の能力を秘めていたりする。

たとえばクジラは次元の操作を特に得意としており、三次元空間の地球に住む人間を五次元空間に閉じ込めることだってできる。

だがそれをしなかった理由。

純粋に、それでは瑠璃を倒せないと直感でわかったからだ。

たとえ能力の限界である、九次元空間に存在する別の宇宙へ放り投げても不可能。

確実にコンマ一秒とかかることなく帰ってきてしまう。

それどころか次元越しに殴り殺されてしまうだろう。

だから逃げたのだ。


それは悪魔も同じで、全生物の魂の抹消を自由に行えるにもかかわらず、やる前から無理だと判断した。

仮に全ての力を駆使したとしても、ほんの少しも瑠璃の魂を削ることができない。


最後に大蛇の得意技は時間の操作。

最大で億単位の年月を行き来することが可能で、やろうと思えば敵の先祖を殺し、そもそも相手が存在しない歴史に改変することだってできる。

だが、瑠璃に関係する事象の変更は不可能だと、試す前からわかった。

飼い主とはまるで比べものにならないほど高位の存在から守護されているような気がしたからだ。

実際にそれは正解で、逃げる判断をしたのは正しかっただろう。

魔神はペットたちの逃亡によって溜まったイライラを発散するかのように、レーザーを連発し始めた。

発動と同時に目標へ命中するというチート級の技で、魔神のオリジナル魔法。

だが、案の定バリアが破れることはない。

受け流されて別の方向へ飛んでいったり、バリアに吸収されて消滅していく。

それを見て更に冷静さを失った魔神は周囲に大地震を起こし、今まで激しい戦闘を繰り広げてもほとんど崩れることがなかった大地を不規則に砕き、自分を軸として銀色の巨大な竜巻を発生させた。

それは徐々に崩れた大地を巻き込み、グルグルと大規模に回転していく。

もし仮に普通の人間がいたならば、岩が当たらずとも鋭い風に触れるだけで髪一本として残ることはないだろう。

「なんか、メリーゴーランドみたいだな……」とバリアのなかでつぶやく瑠璃。

やがて視界を埋め尽くすほどの竜巻が止んだかと思えば、地面の塊が落下してそれぞれ元通りになっていく。

「器用なことするなぁ」

そうつぶやく瑠璃の姿を確認した魔神は「チッ」と舌打ちをしたあと、両拳を思いっきり握った。

そしてものすごい形相で叫ぶ。

「あぁぁぁぁぁぁぁぁぁぁぁぁぁぁぁぁぁぁぁぁっっっ!!」

身体から全方位に向けて広がっていく闇の炎。

周囲一帯を飲み込んで瞬く間に温度が上昇していき、ある一定を超えたところで炎の色が消えた。

大地が沸騰し、雲が消失し、空気が振動する。

だが、それでも瑠璃たちを守っているバリアにはなんの変化もない。

時間にしておよそ十秒。

魔神は力の奔流《ほんりゅう》を止めて、絶望したように口を開く。

「どっ……どうして……。なんでビクともしないんだよ……」

「……もうお前の芸当は見飽きた。次はこっちの番だ」

そう言ってゆっくりと歩き出す瑠璃。

どうやらバリアは月を中心として展開されているらしく、瑠璃の元へついていくことはない。

しかし立ち止まったりはしない。

そんなものがなくても自分はやられないとわかっているから。

「ま、待って」

「……」

「いったん落ち着こう?」

「……」

瑠璃は無言で進み続ける。

「わ、わかった、僕の負けだよ! だからちょっと待って! 君のレベルは一体いくつなの?」

「ん? 教えない」

「…………」

「まあただ……さすがは絶対神だなって感じ」

瑠璃の言葉を聞いた魔神は数秒ほど沈黙を挟み、諦めたように口元を緩めた。

「ふふ、なるほどね。……じゃあ僕がいくら頑張ったとしても、やっぱりあの御方には勝てないってことか」

それから十秒以上の間が空いたあと、

「世のなかって理不尽だよな」

突然瑠璃がそんなことをつぶやいた。

「えっ？」

「逆に言えば、俺は今までお前の手のひらで転がされていたってことだろ？　現にレベルがカンストした状態で挑んでも勝てなかったし」

「……まあね」

「けど俺は弱者なりに努力し続けた。その結果、絶対神が興味を持ってくれたんだから……まあ、今までの頑張りも無駄じゃなかったってことか」

「運がよかっただけだよ。君みたいな人間はこの宇宙にごまんといる」

「だろうな。そもそも俺は最初から自分が特別な存在だとは思っていない」

「……何が言いたいんだい？」

「お礼が言いたい」

「？」

瑠璃は彼の目の前で立ち止まり、口を開く。

「お前が気まぐれで地球にダンジョンとレベルシステムを創ってくれたおかげで、俺は自分らしく生きることができた。……楽しかったんだよ、ずっと」

「ふ〜ん」

「ダンジョンが出現していなかったら俺は何をしていたんだろうな」

「知らないよ」

「俺の性格からして、格闘技でも始めていたような気がする」

「興味がないね」

「なぁ、魔神」

「なに？」

「ありがとう」

「……」

「そして許さねぇ」

「なんで!?」

「お前が創ったダンジョンのせいで月の両親が死んだんだぞ？　そのせいで月はたくさん悲しんだ」

「そんなのダンジョンに潜った本人たちの責任じゃん」

「まあな」

「僕にそんなことを責められても困るよ」

「実際俺としてはダンジョンがあって本当によかったし、まあそういうことだ」

「……おかしいよ」

「矛盾しているだろ？　でもそれが俺の生き方だから」

「……」

「とにかく一度お墓の前で土下座しろよ。そうしたら俺からの礼として、お前の命だけは助けてやるから」

「……」

「アニメを見たり、ゲームをしたり、漫画を読んだり、絶対神に挑むための力を蓄えたり、いろいろとやりたいことはあるだろ？」

「…………一度土下座をするだけでいいんだね？」

「ああ。俺は嘘はつかない」

「……わかった。従おう」

魔神はあまり納得していないような表情をしつつも、頷いた。

「ふぅ、ようやく条件を飲んでくれたな。……じゃあとりあえず時間の流れを元に戻してくれ」

そう言って瑠璃は彼女の周囲に展開していたシールドを解除した。

続くようにして魔神が指を鳴らすと、止まっていた時間が動き出す。

「月、よかったな。魔神がお墓の前で土下座をしてくれるってさ」

「……はい？　そんなこと言ってないと思いますけど」

「時間を止められている間に話し合ったんだよ」

「えっ……そうなんです？」

「ああ。だからお墓の位置を教えてくれ」

「あ、はい。えっと、私の自宅があった土地の庭に土を盛って作ったことがあるんですよ。天神ノ峰団に所属していた頃を含めてずっと戻っていないので、もうなくなっているかもしれないですけど」

「あー、そっか……」

「まあ、重要なのはその場所で土下座をしてもらうことなので、お墓がなくなっていても問題ありません」

「ならよかった……。そういうことなら、仮に誰か別の人がその土地で暮らしていたとしても、俺が頼み込んで庭に入れさせてもらうから安心しろ。どうせお宝を大量に渡せば目の色を変えるだろうし」

「ふふっ、相変わらず強引ですね」

「で、問題はどうやってその場所へ行くかだけど……。地球の神様なら、転移させてくれそうだな。……おーい地球の神様！　聞こえるか？」

少しの間が空いたあとで、どこからともなく老人の声が聞こえてくる。

『呼んだかの？』

「約束通り魔神に勝ったから願いを叶えてくれ」

『時が止まっている間も含めてずっと見ておったから知っている。本当なら息の根を止めて欲し――』

「――は？」

『ごほんっ、少し懲らしめて欲しかったんじゃが、確かに魔神に勝ったら願いを叶えるという約束を交わしてしまったしのぉ。……うむ、よかろう。で、願いとは？』

魔神の圧にビビった神様が、一度咳をしたあとで言い直した。

瑠璃は指を二本立てて即答。

「とりあえず、叶えることのできる願いを二つに増やしてくれ」

『…………嫌じゃ』

「なんでだ？　お前ならできるだろ」

『それはルール違反じゃ！』

「神のくせに細かいこと言ってんじゃねぇ。もし仮に言うことを聞かないのであれば、約束を破ったと判断してお前を殺しにいく。ついでに地球も崩壊させるぞ？」

『わ、わかった……。叶えよう』

「よし、ならまずはひとつ目の願いだ。俺たち三人を、月が幼い頃に住んでいた土地の前へとワープさせてくれ」

『それくらいなら朝飯前じゃ。なんせわしは地球のことであればなんでもわかるからのぉ……。行くぞ、ほれ』

神様がそう言った直後、瑠璃たちは一瞬にして荒野から秋葉原へと転移した。

Chapter 5-3

目の前に見えるのは更地。

周囲は住宅街になっており、一か所だけ寂しそうに空いていた。

遠くの車道から車の行き交う音が聞こえてくる。

運よく周りに人はいないようだ。

「君、もしかしたら僕よりも魔神っぽいかもしれないよ?」

「うるせぇ。……で、月。ここで合っているのか?」

彼女は周囲を見渡して、頷く。

「はい、合ってます。……それにしても、家はもうなくなっていたんですね」

「みたいだな」

「まあ今更悲しいとかはないですけど。…………とにかく、この敷地内で土下座をしてもらえたらいいです」

「ということだから、やってこい」

「はぁ……。仕方ないなぁ」

「おい! 本当に申しわけないという気持ちを持ってやれよ? 正直お前程度いつでも殺せるからな」

「わ、わかったよ」

魔神は綺麗にならされた土の上に足跡を残しながらも、更地の中心へと移動。

そしてゆっくりと膝と頭を地面につけていく、

「僕がダンジョンを創ったせいで申しわけありませんでした……」

誰も喋ることなく、ただ沈黙が流れる。


30秒ほどして魔神は立ち上がり、こちらへと戻ってきた。

「これでいいかい？」

すると月はどこかスッキリしたような面持ちで頷き、

「はい、大丈夫です！」

「そっか、じゃあこれで終わりだね。僕はもう自分の部屋に帰るけど――」

「――あ、今ふと思ったんだけどさ。やっぱりここでお前を殺しておいたほうがいいかな？」

「えっ、なんで!?」

「だって、後々お前が俺を殺しにくる可能性もあるわけだし……。絶対神の加護が残っているうちに処分しておいたほうが安全だなと思って」

「それもそうですね」

瑠璃の言葉に月も頷いた。

「ちょっと待って！　そんなの嫌だよ！　もう勝負はついたんだし、僕が手を出すはずないじゃん！」

「信じられないな」

「そんなことないって！」

「じゃあ、お前が復讐をしないと証明できるものは何かないのか？　契約書の代わりになる魔法術式とか、そんな感じのやつ」

「…………ない」

「なら――」

「――けどもう、しばらくは地球にはかかわらないよ！　ダンジョンとレベルシステムも消す予定だし」

「あぁ、そうなのか。……って、しばらくは？」

「前例はないけど、一応ラスボスである僕が負けちゃったからね。これから百年くらいかけて、もっとすごいダンジョンを創ろうと思うんだ。今のダンジョンはまだまだバランスの悪いところが多いから、修正点がいくつもあるし」

「なるほど。なら俺が死ぬまでは問題なさそうだ。……そのあとのことは知らん」

「めちゃくちゃ自分勝手だね!?」

「それが俺だからな」

「えっと……。とにかく僕は生かしてくれるってことでいい？」

「ああ」

「ふぅ、よかった」

魔神は安堵のため息を漏らした。

「だがもし仮に、俺が生きている間に地球へ手を出すようなことがあれば、次はダンジョンを創ってくれた恩とか関係なしに殺すぞ？　これは脅しでもなんでもなく、俺は絶対神に気に入られているからな。きっとあいつがなんとかしてくれるだろ」

「むぅ……。あの御方に頼るなんてずるいよ！」

「使えるものを使って何が悪い。俺は自分の力ではお前に勝てないからな」

「あはは！　確かに人間は雑魚で弱いからね」

その瞬間瑠璃が顔色を変え、魔神に向かって歩き出した。

「やっぱり殺すことにした。覚悟しろ」

「いや、嘘だって！　冗談の通じない男はモテないよ？」

「必殺――」

「――そ、それじゃあ僕はこれで失礼するね！　バイバイ！」

その言葉と同時に魔神は姿を消した。

「あ、おい。逃げんなよ」

それから数秒ほど無言の時間が続き、

「……ふぅ。何はともあれ、これで終わったんですね」

月が遠い目でつぶやいた。

「……そうだな。あれだけ脅しておけば、もう俺たちに手を出してくることはないだろうし、一件落着だ」

「正直途中から瑠璃さんのほうが魔神に見えてきましたよ？」

「それはないだろ」

「いえ、魔神よりも魔神らしかったです」

「うるせぇ」

「で、これからどうします？」

「とりあえず絶対神の加護が解けるまではあまり動きたくない。下手に動いたら冗談抜きで地球を壊してしまいそうだ」

「そういえば今のレベルって９９９９不可説不可説転？　でしたっけ」

「ああ」

「それがどのくらいの数値なのか想像もつかないですけど、とにかく今は全部を我慢してくださいね」

瑠璃は彼女の目をじっと見つめながら、

「……月を好きだという気持ちも抑えないといけないのか？」

「それは抑えなくてもいいです」

「じゃあ抱きつくことになるけど……そうしたら月が潰れるぞ」

「やっぱり抑えてください」

「でも抑えられないくらい好きなんだが」

「なら抑え……って、どうしたらいいんですかっ!?」

月がそう叫んだ直後、

『とある冒険者によりファイナルステージがクリアされたため、これよりダンジョンとレベルシステムを削除致します。現在ダンジョン内にいる冒険者の方々は地上へと転移させますのでご安心ください。……繰り返します。とある冒険者によりファイナルステージがクリアされたため、これよりダンジョンとレベルシステムを削除致します。現在ダンジョン内にいる冒険者の方々は地上へと転移させますのでご安心ください』


どこからともなく機械的な音声が聞こえてきた。

同時に瑠璃の身体からオーラが消え、髪色もいつも通りの黒に戻る。

「うわっ!?」

「えっ!?」

そんな声を上げながら、瑠璃と月は同時に膝をついた。

「重っ……」

「なんか身体がだるいです」

二人とも信じられないほどの高レベルだったため、無意識に身体を脱力させて過ごす癖がついていた。それゆえに、レベルが存在しない状態での身体の使い方を忘れてしまっていたのだ。

瑠璃はすぐさまそのことに気づいたらしく、必死に立ち上がりながら口を開く。

「魔神にレベルをリセットされた時も一瞬感じたけど、レベルがなかった頃はこんなにも身体能力が低かったんだな」

「これ……やばいですね」

「あ、そういえば」

「ん？　どうしました？」

「…………やっぱりもう出てこないな」

「あー、メニュー画面のことですか？」

「そうそう。今まで当たり前のように出していたから、頭のなかで【メニュー】と思い浮かべても何も表示されないのは、めちゃくちゃ違和感がある」

「…………う～ん、確かに出てきません」

「どうやらレベルシステムがなくなったのは本当らしい」

「ということは、ダンジョンもですかね？」

「だろうな」

「ちなみに瑠璃さんが負っていた傷って、絶対神さんの加護のおかげで治ったんですか？」

月にそう尋ねられ、彼は全身を確認していく。

「本当だ、気づいたら全部治ってるな。まあ多分そうだと思うぞ」

「ならよかったです」

「安心しろ。今後も俺が死ぬことはない」

「なんというか……異常に説得力がありますね」

「だろ？」

月は一度微笑み、

「さてと……。瑠璃さんの身体も元通りになったことですし、これからどうしましょう」

「一応考えてはいる」

「あ、そうなんですか？」

「えーっと、まああれだ。なんにせよ、ようやくダンジョンをクリアできたな」

「？　そうですね」

「……月」

突然瑠璃が真剣な表情になったため、彼女は反射的に姿勢を正す。

「は、はい」

「俺はお前と出会って、初めて異性を好きになったんだ」

「それは……私もです」

「最初は全く興味なかったし、正直鬱陶しいやつだと思ってた……。けど、気づいたら惹かれていた」

「それも同じです。だって瑠璃さん、出会った初日から四次元の思考回路がどうとか、でためばかり言ってたんですよ？」

「いや、でたらめじゃないから。……ともかく、俺が今後お前以外のやつを好きになることはない。だから浮気とかの心配はするな」

「そのセリフを瑠璃さんが言うと説得力が半端じゃありませんね。そもそも、そんなことをする人ではないというのはもう充分にわかっていますから、今更宣言しなくても大丈夫ですよ」

それから十秒ほど沈黙が続いたあとで、瑠璃は空を見上げながらつぶやく。

「……長かったよな、今まで」

「はい」

「俺が一番記憶に残っているのは、セカンドステージのオリハルコンの部屋かな」

「あっ、私もです！　正確な年月はわかりませんが、結局あそこで十年近く生活しましたよね？」

「ああ。マジで長かった」

「一緒に過ごしすぎて、たまに一切会話をしない日とかもありましたけど、基本的には仲良かったと思います」

「会話でデートしたり、くだらないことについて口論したり、あんな地獄みたいな場所に閉じ込められていたにもかかわらず、わりと楽しい思い出しかないな」

「……あそこから出たあともずっと楽しかったです。私と瑠璃さんって、なんというか……波長が合っている気がするんですよ」

「それは確かに思う。会話のテンポ感とかも最初からぴったり合っていたし、何もしていなくても一緒にいるだけで退屈しないし、月、ずっとかわいいし。……お前といると幸せだ。……

来世でも一緒にいたい」

「ありがとうございます」

「……」

瑠璃は無言で一歩を踏み出すなり、

——正面から彼女を抱きしめた。

「ひゃっ……」

最初はびっくりした月だったが、次第に落ち着きを取り戻し、ゆっくりと抱きしめ返す。

「……」

「……」


まるで世界にこの二人しか存在していないかのような、幸せな時間が流れる。


先に沈黙を破ったのは瑠璃だった。

優しく月の肩を掴んで身体を離し、口を開く。

「おい、地球の神様。聞こえているか？」

「…………ん？」

『なんじゃ？』

月が首を傾げるのと同時に、どこからともなくおじいさんの声が聞こえてきた。

「まだ願いがひとつ残っているだろ。叶えてくれ」

『嫌な予感しかしないが、まあいいじゃろう。で、お主は何を望む』

「とりあえず叶えることのできる願いを二つに増やしたい」

『嫌じゃ！』

地球の神様は即答した。

まるで瑠璃のお願い事を、あらかじめ予想していたかのようなスピードだった。

「…………はぁ。俺が頑張ったおかげでダンジョンとかレベルシステムがなくなって昔と同じ平和な地球に戻ったのになぁ……。絶対神に気に入られている俺がちょっとお願いすれば地球くらい一瞬で消滅しちゃいそうだなぁ……」

『ぬぅぅぅ……。とんでもないやつとかかわってしもうたのぉ』

「安心しろ、もう今後願い事を増やすことはない」

『それは本当か？』

「約束しよう」

『うむ。ならそれを条件として二つに増やしてやろう』

「さんきゅー！　ならさっそく最初のお願いをするか」

『言っておくがわしにもできることとできないことがあるからの？　魔神を殺せだの、地球を崩壊させろだの、そういうことは言うまでもなく不可能じゃ』

「あのー。なんかプロポーズするみたいな流れじゃなかったですか？　私の気のせいですかね？」

　そんな月の言葉を無視して瑠璃が言う。

「専用の異空間が欲しい」

『……ん？　どういうことじゃ？』

「俺の両親が住んでいるマンションの近くから出入りできて、小さい庭と一軒家があるような感じかな。そんなに大きくなくてもいいから、水道とか電気は通しておいてくれ」

『ダンジョンくらいのサイズになったらさすがに無理じゃが、それくらいならまぁできなくはない。……だが、家なら自分で建てたらいいじゃろう？』

「いや、俺はあくまで三次元から隔離された、自分たち専用の空間が欲しいんだよ」

『なるほどのぉ……。まあこれでひとつ消費してくれるならよいわ。創ってくるから少しの間待っておれ』

「あ、追加として、小さい庭のなかに露天風呂も頼む。温かいお湯が無限に沸き続ける感じで」

『それは最後のお願いも使うということかの？』

「いや違う。ひとつ目のお願いの付録《ふろく》みたいな感じだ」

『それは欲張りすぎじゃろ……』

「神のくせにそんなケチくさいこと言うなよ。ファミレスのお子様ランチにだって、小さいゼリーとかおもちゃがついているぞ？」

『……はぁ、もう好きにせい』

神様が呆れたようにつぶやいた。

「お前優しいな」

『で、最後の願い事は何に使うんじゃ？』

「んー……。保留」

『……わしとしては早くお主とのかかわりを絶ちたいんじゃが』

「また決まったら呼ぶことにする」

『はぁ……りょーかいじゃ』

「あっ、お話、終わりましたか？」と月。

「喜べ、これからすぐに俺たちの家が手に入るぞ」

「それは嬉しいんですけど……さっきプロポーズするみたいな流れじゃなかったです？」

「……お、おーん」

「なんですか、その反応？」

「まああれだ。とりあえず異空間ができるまで待とうぜ」

「あ、まさか！　普段あれだけ私のことが好きだと言ってくれているのに、いざプロポーズするとなったらビビってる感じですか？」

「は？　そんなことあるわけないだろ。俺は言いたい時に言いたいことを言う人間だ」

「つまり、私と結婚する気はないと？」

「そ、そうは言ってない」

「じゃあ怖気《おじけ》づいているということでいいですね？」

「俺が怖いのは、大切な人の死と父さんの顔だけだ」

「……じゃあちゃんと言葉にしてもらっていいですか？」

「おーん！」

「そのふざけた返答は禁止です」

「ま、とにかくちょっと待ってくれ。そういうのって雰囲気とかいろいろあるじゃん？　だからそんなに焦る必要はないと思うぞ」

「逃げているような気がしなくもありませんが、確かに一理ありますね」

『ふぅ、久しぶりにいい仕事をしたわい。最高の異空間が出来上がったぞ～』

いきなり二人の脳内におじいさんの声が響いた。

「おぉ、意外と早かったな」

『お主の気を損ねないために急いだんじゃ！』

「さすがは地球の神様。世の渡り方をわかっている」

『それで、出入り口じゃが……お主の両親が住んでいるマンションの玄関があるじゃろ？』

「ああ」

『そこの鍵穴にこの鍵を使用したあとで、ドアを開けるんじゃ。そうするとお前たち専用の異空間に行ける』

その言葉と同時に瑠璃の頭上に銀色の鍵が二つ現れ、ゆっくりと落下し始めた。

瑠璃はそれを手に取り、

「なるほど。本当にいい仕事をしてくれたな。予想以上だ」

『そう言ってもらえたらありがたい。わしの最高傑作じゃから実際に見たらもっと驚くと思うぞ？　……で、鍵は二つでよかったかの？』

「いや、子どもができたら必要になりそうだし。……月、どのくらい必要だと思う？」

「えーっとそうですね……。合計で三つくらいあれば大丈夫じゃないですか？」

「というわけで、あとひとつ欲しいんだが」

『ほれ』

再び空中に鍵が現れた。

それを受け取りつつ、瑠璃は「さんきゅー」とお礼を言う。

『ちなみに注意点じゃが、異空間のなかに入ったあとで鍵を閉め忘れたりしたら、うっかり別の人間が入ってきてもおかしくないから注意しとくんじゃぞ？』

「あー、なるほどな。確かに家族以外に入られたらムカついて殺しそうだ。気をつけよう」

『……もう思考が魔神じゃ！』

「俺の思考回路は四次元だ！」

『さて、やり取りもこのくらいでいいじゃろう。……元気でのぉ』

「おう」

『最後の願いを叶えたくなったらまた呼んでくれ』

「わかった。……いろいろとわがままを聞いてくれてありがとな」

『ほいほい』

その言葉を最後に、神様の声は聞こえなくなった。

それから間もなく、月が彼の服をつまみながら言う。

「瑠璃さん、早く行きましょう！　私たちの家がどんな感じなのか非常に興味があります」

「そうだな。俺も気になって仕方がない。ここからあのマンションまでは……まあ、徒歩30分くらいで到着するだろ」


マンションの自室前にて。

瑠璃が鍵を手に持ってつぶやく。

「ようし開けるぞ。準備はいいか？」

「はい」

「父さんと母さんにも見せたいけど、とりあえず俺たちが一通り確認したあとにしよう」

そう言いつつ鍵穴に鍵を差し込み、右方向に回す。

それからドアノブを捻って開けると――すごい光景が視界に入ってきた。

「おぉ！」

「うわぁ～！」

明るい薄緑色の芝。

湯気の立っている露天風呂。

サービスで用意されたであろう木造りのカフェテラス。

なんだかんだ言いつつ、途中で創るのが楽しくなってきたに違いない。

そして正面の奥には、白と茶の二色で造られた一軒家が建っている。

「地球の神様……やるな」

「これ、めちゃくちゃすごいですよ！」

「家のなかはどうなっているんだろう」

「見た感じかなり大きいので、部屋が多そうです」

「さっそく入ってみるか、とその前に……月」

「はい？」

「け、け……け」

「け？」

彼女は首を傾げる。

「にわとりの鳴き声は、こけこっこーだったたっけ？」

「はい？」

「けっこ……。俺たちって、ダンジョンのなかで魔物の血痕《けっこん》を何度も見たよな」

「そうですね？　……あ」

そこで月は何かを察したらしい。

「結構《けっこう》すごいよな、この異空間」

「そうですね」

「……ふぅ」

「あのぉ、瑠璃さん」

「なんだ？」

「ゆっくりでいいですよ」

「お、おう。って、なんの話だよ！」

「なんでもありません」

「まあとにかく、俺と……」

「私が瑠璃さんと？」

「その、えぇっと……あれだ」

「……」

瑠璃は頬を真っ赤に染めつつ、拳を握りしめた。

それから決心したように口を開き、

「鳳蝶月さん。一生守ると誓うから、俺と結婚してください！」

数秒の間が空いたあと、月は嬉しそうに微笑んで彼に抱きつく。

「こちらこそ、よろしくお願いしますっ！」

「ま、まあ。結果はわかっていたけどな」

「いや、めちゃくちゃ緊張してませんでした？」

「そんなことはない。俺は昔から自分の思っていることは正直に言える人間だ」

「ふふっ……そうですね」

「………それよりも、ひとつ心配事がある」

「なんですか？」

「俺たちは今後どこかで結婚式を挙げるわけだよな？」

「まあ、そうしていただけたら嬉しいですね」

「問題はそのあとだ。ここって一応異空間だし、こんなところで暮らしていたらコウノトリが入ってこられないような気がするんだけど」

「………」

「どうする？　赤ちゃんが届けられるまでは、俺の両親と一緒に暮らすか？」

「……今夜。……わ、私が教えるので、大丈夫ですよ」

「ん、何をだ？」

「とりあえず家のなかを見にいきましょう！」

月は真っ赤な顔を隠すようにして歩き出した。

「？　……おう」

Chapter 6 《 AFTER STORY 》

白と茶の二色で構成された家の周りには、薄緑色の芝が広がっていた。

常に湯気の立っている露天風呂や木造りのカフェテラスなどがあり、周囲には空色の膜が張り巡らされている。

ここは地球上から隔離された異空間であり、琥珀川瑠璃《こはくがわるり》の両親が暮らしているマンションの部屋と同じドアから入れる仕組みになっている。


「ふぅ、疲れたな」

そうつぶやきながら瑠璃が異空間のドアを開けると、

「あ、瑠璃さん。おかえりなさい」

露天風呂のほうから、かわいらしい女性の声が聞こえてきた。

向くと、そこには全裸でお湯に浸かっている鳳蝶《あげはちょう》改め、琥珀川月《るな》の姿。

折りたたんだタオルを頭に乗せており、ふにゃ〜とした顔でくつろいでいる。

「月が入っていることだし、俺も浸かるとするか」

「どうぞ〜」

瑠璃はカフェテラスの机の上に脱いだ衣服とリュックを置き、ゆっくりと露天風呂に入っていく。

「あぁ、気持ちいいなぁ〜」

「ですよねぇ〜」

「ふぅ…………。月もバイトから帰ってきたばかりか？」

「はい。今日は珍しく出荷作業をやっていたので、いつもより時間の経過が早く感じました」

「それは羨ましいな……。俺のところは正面の壁に時計がついているせいで、体感時間がめちゃくちゃ長く感じるぞ」

「ということは、今日も一日中レジですか？」

「途中でジュースの補充はやったけど、基本的にはレジだったな」

「そうですか。大変ですね……」

「……あー、ダンジョンに潜っていた頃に戻りたい」

「瑠璃さん、いつもそう言ってますけど……。やっぱりまだ戦闘欲とかがあったりします？」

「ダンジョンをクリアしてしばらくは月と一緒にのんびり暮らしたいと思っていたけど、実際何十年もこういう生活をしていたらきついよな」

「まあ、頻繁《ひんぱん》に庭でシャドーボクシングをやったりしていますしね」

「仮にもう一度この世界にダンジョンが現れたら迷わず行く！　逆に月はダンジョンが恋しくないのか？」

「懐かしいとは思いますけど……。私は瑠璃さんがいればそれでいいですよ？」

「おぉ。嬉しいことを言ってくれるじゃん」

「こう言っておけば、何かいい物を買ってもらえそうです」

「って、おい！　打算ありかよ」

「ふふっ、冗談ですよ」

かわいく微笑む月。

瑠璃はそんな彼女を見つめながらつぶやく。

「改めて思うけどさ。お前……大人っぽくなったよな」

「それは瑠璃さんもだと思います。なんというかダンジョンがなくなってから、急に肌の老化が普通の速度に戻ったような気がします」

「あーそれはわかる。多分だけど、魔物の血や肉を食べなくなったせいだと思うぞ」

「やっぱりそれ以外にないですよね」

「まあでも……月は47歳にしては若いほうだろ。20代って言われても普通に信じるし」

「そういう瑠璃さんも52歳くらいに見えますよ？」

「今現在52歳だが、何か？」

「ぷっ。あ、そうなんですか」と小馬鹿にしたような笑みを浮かべる月。

「よし、もう何も買ってやらねぇ」

「いや、冗談ですって！」

「せっかくすごいプレゼントを用意しようと思っていたのに……。仕方ないから、浮いたお金を使ってコンビニで高級プリンでも買ってくるとしよう。今日は幸せな夜になりそうだ」

「贅沢が安上がりですね!? ……そうじゃなくて、本当に冗談なんですよ！ だって瑠璃さんって別に若作りをしているわけでもないのに、20代後半くらいに見えますもん」

「実際、昔は冗談抜きでお互い子どもっぽかったよな？」

「はい」

「だから今がちょうどいいくらいだろ。年を取っているのに若い大人に見える、みたいな」

「私としてはいつまでも美少女のままでいたかったですが……」

「いや、絶対今のほうがいいって。かわいいだけじゃなくて、そこに美しさがトッピングされている感じだし」

「本当ですか？」

「俺は嘘は言わない」

「まあ確かに」

「……」

「あ、私そろそろのぼせてきたので上がりますね」

「おう」

月はゆっくりと立ち上がる。

その様子をじっと見ていた瑠璃は思わず頷いて、

「お世辞抜きで全てがかわいい」

「あ、ありがとうございます」

「そんな姿を見せられたら今日の夜、頑張りたくなるから、あまり俺の視界に入らないようにしてくれ」

「……べ、別に頑張ってもいいですけど」

彼女の顔が赤く染まっている理由は、決してのぼせているからというだけではないだろう。

「やめとこう。今の年齢から二人目を育てようとは思えない」

「ドラッグストアで、あれ……買います？」

「いつも言っているけど不必要だ」

瑠璃は真顔で即答した。

あれとは、避妊具《ひにんぐ》のことである。

「やっぱりですか……」

「確証はないが、あんな物が存在するせいで世のなかから不倫や浮気が減らないんだろ。そもそもパートナーを裏切ってああいう行為に走るやつって、どういう神経してんだ？　全く理解ができない。一生寄り添う気がないなら最初から結婚なんてするなよ。とりあえず不倫系のドラマやアニメは全部放送禁止にしろ。ハーレム……お前もだめだ。消え失せろ！」

「瑠璃さん。目が怖いです」

「俺なんて月に浮気された時のことを想像しただけで、ご飯が一切喉を通らなくなるぞ」

「あ、それはめちゃくちゃわかりますっ！　私も瑠璃さんが風俗店とか、他の女性の家に通っている想像をしたら、毎回悲しくて涙が出てきますもん」

「え、マジで？」

「絶対そんなことはないとわかっているんですけど。でも、たまに布団のなかで泣いちゃいます」

「……なんかごめん」

「なんで謝るんですか」

「いや、一応月の妄想に登場している俺の立場になって謝罪したくなった」

「別にそんなことしなくていいですよ。私は瑠璃さんを信じていますから」

「俺も月を信じてる。……信じてはいるけど、少しだけ不安なのも事実だ」

「というと？」

「ちなみに聞くけど、今のバイト先にイケメンとかっていたりするのか？」

「えっと、世間一般的に言うとイケメンの部類に入るであろう若い男性はいます」

「…………」

「でも安心してください！　なんかこの前ご飯に誘われましたけど、速攻で断っておきましたから」

「……そいつの住所を教えてくれ。明日殺しにいくから」

「いやいや、さすがに殺人はまずいのでやめてください！」

「あー、マジでムカついてきた」

「逆に瑠璃さんのほうこそ、コンビニにかわいい子とかいないんですか？」

「かわいい子？　う～ん……。あ、三日前に金髪の女子高生が入ってきたな」

「むぅ……」

もうすでに月は頬を膨らませ始めた。

「なんか今日いきなり腕を組んできて鬱陶《うっとう》しかったから、『やめろ』って低い声で言ったら、悲しそうな表情で仕事に戻っていったな」

「えっ、そのメス……まだコンビニにいますか？」

「俺と一緒の時間に上がったからもういない……って、うわっ」

彼女の殺気を目の当たりにし、瑠璃は思わず顔を引きつらせる。

明らかに何人か殺している者の目つきだった。

「その豚《メス》は次、いつバイトにくるんです？」

「お、おい。お前のほうこそ、殺人はまずいからやめてくれよ？」

「安心してください。ちょっと殺すだけなので」

「安心できねぇよ！　結局殺してるじゃねぇか」

「まあ冗談もこの辺にして、私は瑠璃さんと何十年も一緒にいるので、絶対裏切らないと信じています」

「さっきのが冗談？　それにしては真に迫っていたような……」

「何か？」

「いやなんでもない。とにかく、信じているのは俺も同じだ」

「はい。……あ、じゃあそろそろ夕食の支度を始めますね。あの子も帰ってくると思うので」

「俺も何か手伝おうか？」

「いえ、今日は大丈夫です。いつも気をつかってくれてありがとうございます」

「そのくらい夫として当然だ」

彼女が裸のまま家のなかへと戻っていったあと、瑠璃はのぼせた身体を冷やすために周りの岩の上に座った。

ここは異空間のため風は一切吹いていないが、お湯と空気の温度差によって感じるひんやりとした感覚がたまらない。

少しずつ身体にこもった熱が冷めていく。

とそこで、異空間のドアが開いた。

「ただいま～」

同時に入り口のほうから女の子っぽい声が聞こえてくる。

「おう、おかえり」

返答しつつ瑠璃が視線を向けた先には……学ランを着た少年の姿があった。

真っ白でふわふわした髪型。

黒い双眼。

13歳の中学生男子とは思えないほど小柄で、女の子のようなかわいらしい顔つきをしている。

白い髪や肌の綺麗さは母親の月譲りだろう。

逆に、ふわっとした髪型や黒い眼は瑠璃によく似ており、まさに二人の子どもといった感じだ。

そんな少年がカフェテラスに鞄と衣服を置き、裸になった状態でお風呂へと向かってくる。

「お母さんは？」

「今、家のなかで夕食を作っている」

「そっか」

「……にしてもお前。いつ見てもかわいいな」

「も～、そういうことを言うのはそろそろやめてよ。僕もう中学生だよ？」

「で、祈《いのり》ちゃん。今日の学校はどうだった？」

「ちゃん付けしないで！　……学校は、まあいつも通り楽しかったかな」

「告白してくる男子とかいないか？」

「僕……男なんだけど？」

そう言って頬を膨らませる祈。

その仕草も月そっくりだ。

「そういえばそうだったな。かわいい見た目と名前のせいで思わず女の子だと勘違いしてしまったぞ」

「名付けたのはお父さんじゃん！」

「いや、最初に提案したのは月だから」

「……」

「さてと、俺はそろそろ家に入る。愛しの月に一秒でも早く会いたいからな」

「相変わらず仲いいね」

「当たり前だ。じゃあのぼせないうちに戻ってこいよ？」

瑠璃が忠告したその時、祈が急に真面目な表情になり、

「あ、お父さん！　そういえばちょっと相談したいことがあるんだけど、いい？」

「なんだ？　男の子になる方法とか？」

「最初から男だって！　そうじゃなくて、その……僕、夢ができた」

「おぉ夢か……。なんだ？　言ってみろ」

「でも、馬鹿にされそう」

「しないって」

「だってどうせ叶わないだろうし」

「とりあえず言え」

祈は少しの間悩むも、やがて決心したように口を開く。

「僕、異世界に転移してみたい！」

「なるほど。いいんじゃないか？」

瑠璃は頷いて即答した。

「え？」

「お前は俺の血を引いているからな。魔物と戦ってみたり、もっと過酷な環境で過ごしたり、そういう危ないことがしてみたいんだろ？」

「……う、うん」

「俺も子どもの頃はそうだったから、気持ちはよくわかる」

「けど、異世界に行くなんて無理だよね？」

「いや、できるぞ」

「えっ？」

「とにかく、これ以上は月を加えて話そう。仲間外れにしたらかわいそうだ」

「う、うん」


リビングにて。

「「いただきます」」

「私もいただきます」

三人はそれぞれ両手を合わせて挨拶を行った。

各自大きめの皿にタレのかかったステーキと野菜、ポテトが盛りつけられており、机の中心にはパンがたくさん入ったバスケットが置かれている。

「あ〜、やっぱり月はおいしいな」

フォークで肉を口に運びつつ、瑠璃が言った。

「私がおいしいんですか!?」

「噛むたびに肉汁が出てくるぞ」

「私からですか？」

「このタレとよく合っていて、マジでうまい。……なぁ祈」

「うん。お母さんのお肉はいつもおいしい！」

「私のお肉を食べさせたことは今まで一度もありませんけど！」

「冗談はその辺にしといて、愛しの月」

「はい、なんでしょう？　愛しの瑠璃さん」

「愛する我が娘が、話したいことがあるらしいぞ」

そんな瑠璃の言葉に、祈は眉を顰《ひそ》める。

「僕は娘じゃなくて息子なのに……」

「祈ちゃん、話って？　買って欲しいゲームでもあるの？」

「お母さんまでちゃん付けしないで！　えっとね、僕、その…………異世界に行ってみたい！

で、そこで、お父さんとお母さんみたいな関係を築けるようなパートナーを見つけて、一生を過ごしたいんだ」

「………え？」

「さっきお風呂でお父さんに相談したら、お母さんもいる時に話そうって言われて」

「異世界っていうと、ライトノベルとかでよくあるやつのこと？」

月の問いかけに、瑠璃が頷いて答える。

「ああ。どうやら魔物と戦ったり、白馬の王子様と出会ったりしてみたいらしいぞ」

「僕の恋愛対象は男じゃないよっ！」

「でも、どうやって異世界になんて行くんです？　わざとトラックに轢かれるつもりですか？」

「それについてだが、異世界転移できる可能性はある」

「えっ？」

月は少しだけ顎《あご》に手を当てて考えるも、どうやら思い浮かばないらしい。

「お前もおぼえているだろ？　地球の神様の存在を」

「あ、そういえば！」

「あいつならもしかすると叶えてくれるかもしれない。幸いお願い事はまだあとひとつ残っているしな」

「確かに可能性はありますね。……でも祈ちゃん、まさか本当に行きたいわけじゃないんでしょ？」

「ううん。行きたい」

「今はそう思っていたとしても、一時の感情かもしれないし」

「僕、このまま進学して、どこかに就職して、定年まで働き続けるくらいなら、もっと生《せい》を実感できるような場所で過ごしたいんだ！　上手く言えないけど……死と隣り合わせになってみたい」

かわいい顔に似合わず、祈が拳を握りしめて言った。

「まさか祈がそんなことを言い始めるなんて……。誰に似たんでしょうか」

「月だろ」

「絶対に瑠璃さんですよ！」

「ま、それはともかく、俺は別にいいと思うぞ。たとえ親であろうと、子どもの人生を強制する権利なんてないし」

「でも、今まで大切に育ててきた息子をわけのわからない異世界に送るなんて、正直不安です」

「祈なら大丈夫だって。これでも俺の血を引いているからな」

「……とりあえず神様に尋ねてみませんか？　もしかすると無理って言うかもしれませんし」

「あー確かに。……おい、地球の神様！　聞こえているか？」

瑠璃が上を向いてそう言うと、少しの間が空いたあとでどこからともなく声が聞こえてくる。

『んん？　呼んだかの？』

「おっ、本当に返ってきた」

「私、てっきりもう通じないのかと思っていました」

瑠璃は頭を掻きながら、

「……えっといきなりで悪いが、お前って人間を魔法や魔物が存在しているような異世界に転移させることはできるのか？」

『それは、最後の願い事を使って質問するということか？』

「いや、違うから。その最後の願いを使うかどうかの判断をするために聞くんだよ。スーパーとかでも無料で試食とかあるだろ？　あれと同じだ」

『相変わらず自分勝手じゃのぉ。まあこれでようやくお主との契約も終わりじゃし、今回だけ特別に教えてやろう。結論から言えば、異世界転移は可能じゃ』

「おぉー……。やっぱりお前すごいな」

『だが、最近のライトノベルなどで流行っておるチート能力を授けたりするのは無理じゃぞ？　バランスを崩す原因となって、向こうの異世界の神に文句を言われるのは嫌じゃからのぅ』

「だってさ。それでいいか？　祈」

「うん。むしろ自分の力だけで生きてみたい」

「よく言った。さすがは俺の娘だ」

「息子だって！」

『それで、もう異世界転移はするのか？』

「僕はいつでも――」

「――いや、もう少しだけ時間をくれ」

祈の言葉を遮った瑠璃は、二人を交互に見ながら続ける。

「月、祈。明日の朝から一泊二日の旅行に行くぞ」

「えっ？」

「旅行って……。突然ですね」

「最後に思い出作りというか、月だっていきなり祈と別れるなんて気持ちの整理がつかないだろ？」

「私としては異世界になんて行ってほしくありませんけど」

「それも含めてこれから家族で相談しよう」

「………はい」

月は納得していないような表情をしつつも頷いた。

「というわけだから、あと二日ほど待ってくれるか？」

『了解じゃ。また呼んでくれ』

「悪いな」

『そんなの今更じゃよ』

その言葉を機に神様の声は聞こえなくなった。

瑠璃はバスケットからパンを取りながら、

「祈。学校は俺たちが誤魔化しておくから、友達には自分で上手いこと伝えろよ？」

「あ、うん。わかった！　ご飯を食べ終えたら直接会いに行ってくる」

「荷物の用意だったり、バイト先に連絡したり、今日の夜は忙しくなりそうです……。瑠璃さんもちゃんと準備を手伝ってくださいね？」

「了解。今夜は本でも読んでのんびりしておくから、頑張ってくれ」

「えっ、何を了解したんですか!?」

「冗談だって。まずは旅行先を決めないとな」

瑠璃はステーキを一切れ口に運んで続ける。

「で、二人はどこに行きたい？」

「僕はマチュピチュを見てみたいな」

「私は……強いて言うなら、メキシコのカンクンにあるリゾート地に行ってみたいです」

「お前ら絶対二日で帰る気ないだろ！　まあ別にそれでもいいんだけどさ。せっかく家族全員で行ける最後の旅行になるかもしれないわけだし、父さんたちも一緒に行けるような国内にしないか？」

「それもそうですね……。ちなみに瑠璃さんはどこへ行きたいんですか？」

「東京デスティニーランド！」

「あ〜、かわいいところを出してきましたね」

「実はまだ一度も行ったことないんだよ。若い頃からずっとダンジョンに潜っていたから、中学校の修学旅行も参加できなかったし」

「そういえば私もです。じゃあそこにしましょうか。……祈もそれでいい？」

「うん。お父さんとお母さんが一緒なら、僕はどこでもいいよ」

祈が頷いて答えた。

「さて、俺は今から父さんたちに事情を説明してくる」

「あ、瑠璃さん。ちょっと待ってください」

椅子から立ち上がって歩き出そうとした彼を、月が引き止めた。

「ん？」

「今ふと思ったんですけど、ホテルの予約……今からじゃ絶対取れませんよ？」

「………確かに」

「日帰り旅行みたいな感じにします？」

「いや、異空間ホテルの予約なら絶対に取れるから、デスティニーランドで遊んだあとに移動して一泊しよう」

「異空間ホテル？　……って、ここじゃないですか！」

「やっぱり最後は自宅が一番だよな。露天風呂もついてるし」

「まあ……そうですね」

「うん。僕も他のホテルより、ここがいいな」と祈。

「よし決まりだ」

その後三人は明日に向けての準備を済ませ、いつもより早くベッドに入った。

真っ暗な寝室のなかで、ズズッと鼻をすする音が響いた。

「月。……泣いているのか？」

瑠璃がそう尋ねると、再び鼻水の音が聞こえたあとで、

「……泣いて……ません」

「どう考えても泣いてるだろ。隣の部屋の祈に聞こえたらどうするんだ」

「だってさっきから……あの子を産んだ時から今日に至るまでの思い出が、何度も何度も……頭に浮かんでくるんです」

瑠璃はその言葉に返答することなく、優しい声でつぶやく。

「……子どもはいずれ巣立っていくものだ」

「それはそうですけど……巣立っていく先が異世界なんですよ？　もう私たちの元には戻ってこられないでしょうし、心配で仕方がないです」

「大丈夫だって。……それに、異世界で一生を過ごしたいと決めたのは、まぎれもなくあいつ自身だ」

「……」

「俺はああいう夢を持てることが羨ましいけどな。……正直言って、俺もついていきたい」

「あっ！　その手がありましたね。明日デスティニーランドで遊んだあと、三人で一緒に異世界へ行きませんか？　それで、瑠璃さんの大好きな魔物が生息している森のなかにひっそりと家を建てて、家族三人で過ごすんです。きっと幸せ――」

「――だめだ」

瑠璃の低い声が響いた。

「えっ……」

「俺と月がついていったら意味がない。少なくとも俺が祈の立場だったら、親にはきてほしくない」

「もし私なら、両親と一緒に行きたいですけど」

「あいつはああ見えても男だ。……あまりこういう言い方はしたくないが、女にはわからない」

「……むぅ」

「とにかく、初めて親から自立しようと行動を起こしたんだ。俺たちはそっと背中を押してやろう」

「瑠璃さんは寂しくないんですか？　もう二度と祈に会えないんですよ？」

「寂しいに決まっている」

「だったらどうして……」

「……実はさ、俺が初めてダンジョンへ向かう時、母さんには反対されたんだ」

「はい。お義母さんのその気持ちはよくわかります」

「でも、父さんは違った。『俺も男だから瑠璃の気持ちはわかる。ちょっと暇潰しにダンジョンを制覇してこいよ』って笑いながら言われてさ。あの時は嬉しかったな」

「それは全然わかりませんね」

「要するに祈も同じなんだよ。というか俺の血を引いている以上、絶対諦めないと思うぞ？」

「……でしょうね」

「………月」

「はい？」

「俺からも頼む。どうかあいつを笑顔で見送ってやってくれ」

「……」

それから五分ほど沈黙が続いた。


「月？　もう寝たのか？」

あまりにも返答が遅いため、瑠璃が問いかけたその時、

──月は勢いよく寝返りをうち、彼に抱きついた。

「ちょっ……お前」

そのまま瑠璃の上に乗り、強引に唇を奪う。

吸いついたり、舌を入れたり。

激しさのあまり唾液が泡立ち、くちゅくちゅという音が部屋中に響き渡る。

「お、おい。月？」

「……はぁ……はぁ」

ふいに唇が離れたかと思えば、瑠璃の顔に一滴の涙が落ちてきた。

目を凝らしてみると、暗闇の中で薄っすらと彼女の顔が映る。

涙と鼻水でぐちゃぐちゃぐちゃだった。

「月……」

彼女は瑠璃の服を握りしめ、

「いや……です」

「えっ？」

「私、祈を……手放したくありません！」

零れ落ちる月の涙が目に入り、思わず片目を瞑《つむ》る瑠璃。

「……」

「あの子がいない人生なんて考えられないんです」

「……」

「けど……それがあの子の願いだというなら、頑張って我慢、します」

月はそう言うなり、彼の胸に顔を埋めて小さな声で泣き始めた。

そんな彼女の姿を見て瑠璃も胸に込み上げるものを感じ、少しだけ涙を流す。

13年もの間、二人で本当に大切に育ててきた。

赤ちゃんの頃が一番大変で、どうやっても泣き止まない祈を抱っこしながら、月が涙を流していたこともあった。

異空間に家があるため、夜泣きで近所から苦情を入れられることがなく、また、近くに瑠璃の両親が住んでいるおかげでどうにもならない時にすぐ頼ることができたのは幸いだっただろう。


小学校に入ると、祈はよく本を読むようになった。

昔から瑠璃と月が話すダンジョンでの冒険譚を聞くのが大好きだったこともあり、読む本の内容は冒険モノばかりだ。

更に友人関係も、一人の男子とだけは上手くやれていたようで、よく夕食の時に学校での出来事について話していた。

常に楽しそうにしていたのだが、何かが物足りないと祈が感じていたことに、瑠璃は薄々気づいていた。

それを祈本人が口に出したのは今日のことだ。

「なぁ月。明日は楽しい一日にしような?」

彼女の頭を撫でながら、突然瑠璃がそんなことを言った。

「……」

「祈にとっても俺たちにとっても、最高の思い出になるように、ずっと笑顔でさ……」

「……」

「だから今のうちにたくさん泣いておこうぜ。……そうしたら明日は、涙を流したくても水分が足りなくて出てこないだろ？」

「……ふふっ。馬鹿じゃないですか？」

「なんだと!?」

「いくら前日に流しても、嬉しかったり悲しかったりしたら、涙は出ます」

「そのくらいわかっている」

「でも、そうですね。明日は存分に楽しみましょう」

「おう」

「いろんな乗り物に乗って、おいしい物を食べて、とにかく遊び尽くしたいです」

「ようし！　アヒルの帽子を被って夜のパレードに乱入してやるから、よく見ていろよ？」

「あ、もしそれをやったら、そのまま置いて帰りますから」

「いや、冗談だって」

その後瑠璃と月は、寄り添いあって眠りについた。

次の日。

瑠璃たち一行は、車に乗ってデスティニーランドへと向かっていた。

運転席にはすっかり白髪だらけになった父親。

助手席にはしわが増えているものの整った目鼻立ちの母親。

その後ろに瑠璃、祈、月。

そして最後尾に弟の吹雪《ふぶき》と、その嫁。

合計で七人が乗っている。


「にしても瑠璃、いくらなんでも突然すぎるだろ。お前のせいでシルバーの仕事を休んじまったじゃねぇか！」

父親が振り向くことなく大声で言った。

「別にいいだろ。というか、昔俺が渡した金塊やらを売って大金を手に入れているんだから、もう働かなくてもいいんじゃないか？」

「そうは言ってもなぁ。実際仕事をしていたほうが楽しいんだよ」

「あぁ……。それは、なんかわかる気がする」

「だろ？」

「兄さん。本当にこういうことは前もって言ってくれないと困るよ。今日は大事な会議があったのに……」

27歳となった弟の吹雪が、困ったような表情で愚痴を漏らした。

大人びた顔つきで、兄の瑠璃と同い年かそれ以上に見える。

「細かいことは気にすんな。しょうもない中小企業の会議よりも、祈とのお別れ会のほうが大事だろ?」

「それはそうだけど……。紫苑《しおん》もバイトを休むために昨夜、店長に電話で怒られていたし」

「そうなのか?」

瑠璃の問いかけに、同じく27歳である吹雪の嫁は笑いながら答える。

「あはは、別にウチはいいっすよ。むしろ休む口実ができてラッキーって感じ」

「おー、お前やっぱりノリいいな。吹雪も見習って欲しいものだ」

「ほんと。ウチの旦那ときたらいつも真面目で、ちょっと面白みにかけるんっすよねぇ。ま、そこがいいところでもあるんだけど」

金髪で活発そうな見た目の彼女が、吹雪の頬をつつきながら言った。

「紫苑は逆に不真面目すぎるんだよ!」

「でも瑠璃さんって、やっぱりいつ見ても若いしかっこいいっすよねー。本当に50代なんすか? 一度でいいから二人でどこかに出かけてみたいっす」

そんな紫苑の言葉を聞いた途端、月がむっとした表情を浮かべる。

「ちょっと! いつもいつも瑠璃さんを誘わないでください! 怒りますよ?」

「じょ、冗談じゃないっすか」

「月の言う通りだ。俺はお前みたいなヤンキーと出かける気はない。諦めろ」

「誰がヤンキーっすか!?」

「そんな時間があるなら、一秒でも長く月といたいし」

「ふふっ、私もですよ」

「はぁ。相変わらずのバカップルっぷりっすねぇ～。……あの、吹雪さん。ウチも吹雪さんと一秒でも長く一緒にいたいっす」

紫苑が目を輝かせながら言うと、吹雪は顔を赤くしてそっぽを向く。

「う、うるさい！　恥ずかしいからやめろ」

「あはは！　照れてる～」

「照れてない！　兄さんたちの前でそういうことを言うな」

「……じゃあ、二人きりの時だったらＯＫ？」

「うっ…………ああ」

「なんだかんだ言いつつ、お前らも仲いいよな」

「兄さんたちほどではない」

「瑠璃さんと月さんには敵《かな》わないっす」

吹雪と紫苑は同時に返答した。

とそこで瑠璃の母親がこちらを振り返り、

「そういえば祈くん。どうして急に異世界へ行こうだなんて思ったの？」

「あ、それは俺も知りてぇなぁ」と瑠璃の父親も便乗。

「ウチも聞きたい」

「僕も興味がある」

「俺は知っているけど、もう一度聞いておきたい」

「私もです！」

「えぇ……。そんな全員に注目されたら恥ずかしいよぉ」

祈は下を向いてしまった。

「大丈夫よ。笑ったりしないから」と瑠璃の母親。

「ほんと？」

祈が首を傾げて尋ねたのと同時に、瑠璃の父親が笑いながら言う。

「がはは！　どうせあれだろ？　エルフとか猫耳美少女を侍らせてハーレムを楽しみたいんだろ？」

「あなたは黙っててください！」

「えっとね。僕……昔からずっと、このまま退屈な人生を送るくらいなら、死んだほうがいいって思ってたんだ。……みんなに心配をかけたくなかったから、言わなかったけど」

するると、一気に車内が静かになる。

「……ん？　言っていることが昔の瑠璃とそっくりだな」

最初に口を開いたのは父親だった。

「ええ、そうね。瑠璃もそんな感じのことを言ってダンジョンに向かっていったもの」

「それで昨日お父さんに相談したら、異世界に行く方法があるって言われて……。やるならなんでも早いほうがいいかなと思って」

祈の言葉に、父親は頷き、

「その行動の早さも昔の瑠璃と一緒だ」

「とにかく僕は、生きていると実感できるような場所で一生を過ごしたい！」

「かっこいいっすね」

紫苑が感心したようにつぶやいた。

吹雪も「うん、いいと思うよ」と賛同。

そんな感じで他の全員が納得したように頷いているなか、瑠璃の母親だけは心配そうな表情をしていた。

「瑠璃はともかく、月さん。……あなたはそれでいいの？」

「えっ？」

「私もお腹を痛めて産んだ子をダンジョンへと行かせた経験があるからわかるけど……、辛いでしょう？」

「……いえ、大丈夫です！　私は祈を信じていますから、この子のやりたいようにやらせます」

昨日とは打って変わり、月は満面の笑みを浮かべて返答した。

それが無理をして作った笑顔だということに瑠璃と母親だけは気づいたが、二人ともそれに言及しようとはしない。

「……そう。あなたがそれでいいなら」

「はい」

デスティニーランドへと到着した瑠璃たちは、門をくぐってなかへと入っていく。

平日の午前中にもかかわらず、すごい人混みだ。

「これ、かわいいな」

手に持っている入場券を見つめながら、瑠璃がつぶやいた。

「ですよね。キャラクターがランダムで印刷されているみたいです」

「まあどのキャラよりも月のほうがかわいいけど」

「……ふふっ。それはどうも」

「おい、瑠璃。どうするんだ？　各自バラバラで行動するか？」と大きめの声で尋ねる父親。

そのあまりの迫力に、近くにいた子どもが急いで親の元へと逃げていく。

ヤンキーっぽい女子高生たちも「ひっ」と小さく悲鳴を上げていた。

瑠璃は少し悩んだあとで、

「確かに大人数だと身動きが取りにくそうだな。また夕方くらいにスマホで連絡を取り合おう」

「了解！ ……じゃあ、久しぶりに二人でデートでもするか」

「そうですね」

父親の言葉に母親が微笑んで返答した。

「いつぶりだろうな」

「もう長いことなかった気がします」

瑠璃の両親は、そんなやり取りをしながら手を繋いで歩いていく。

「ウチらも行こっか？」

「ああ」

「お義母さんたちみたいに手繋ぐ？」

「……あ、あとからな」

「ふふっ、恥ずかしがり屋さんなんだから」

「うるさい。兄さんたちの前でやめてくれ」

吹雪と紫苑も仲良さそうに去っていく。

「さて……祈。どこか遊んでみたいアトラクションはあるか？」と瑠璃。

「う〜ん。お化け屋敷みたいなところがあれば行きたい」

「あ、それなら【ホラー・オブ・テラー】が有名ですから、そこに向かいましょう」

「決まりだな」

三人は行動を開始した。

もちろん【ホラー・オブ・テラー】だけでなく、他のいろんなアトラクションも回っていく。

しかし、ひとつ乗るたびに行列に並ばないといけないため、あまりたくさん遊ぶことはできない。

途中で月が優先券を購入しようかと提案したのだが、会話もアトラクションだという瑠璃の意見により却下された。


お昼時。

瑠璃たちは南国風のお店へと入り、各自食べたい物を注文した。

今現在、机の上にはハンバーグだけが置かれている。

「まだ俺のしか届いてないけど、先に食べてもいいか？」

「えぇー、ずるいです」

「お父さんずるいよ！　僕たちの料理がくるまで待って」

「おう、そうか。じゃあいただきます」

瑠璃はハンバーグを一口サイズに切り、フォークを使って口に運んだ。

「待つ気がないなら最初から聞かないでください」と呆れ顔の月。

彼は何度か咀嚼《そしゃく》し、満足したように頷く。

「すげぇ。南の島っぽいお店の料理なだけあって、口に入れた瞬間、無人島の情景が頭に浮かんできたぞ」

「なんですか、その感想」

「今、目の前にヤシの木が見えるもんな」

「……ちょっと一口ください。にわかには信じられないので」

「ああ。マジで食べたら納得できると思う」

瑠璃は一口サイズのハンバーグを月の口元へと運んでいく。

だがその途中でUターンさせ、結局自分で食べた。

「……」

月はジト目で彼を見つめる。

「おぉー。ヤシの木だけじゃなくて、波の音まで聞こえてくるぞ」

「……」

「どうやら俺は今、白い砂浜の上に立っているらしい」

「……」

「おい、そんな目で見るなって。わかった、ちゃんとあげるから」

「今度いじわるしたら怒りますからね？」

「了解。ふぅ……ふぅ……。はい、あーん」

「あ～んっ」

月はハンバーグを口で受け取り、目を閉じて味わっていく。

「…………あぁー、確かに南の島が見えますね」

「いや、嘘つけ」

「はい？」

「俺は普通にデミグラスソースの味がするだけだが？」

「いや、瑠璃さんが最初に無人島がどうのって言い出したんじゃないですか！　私はそれに乗っただけですぅ～」

「ふふっ」

祈が口元に手を当てて、女の子のように笑った。

「ん？　どうした？」

「やっぱりお父さんとお母さんって、本当に仲いいよね」

「だろ？」

「でしょ？」

とそこで、月と祈の料理が運ばれてきた。

二人はそれぞれゆっくりと食べ進めていく。

食事を始めて一分が経過した頃。

「……僕も異世界でいい子が見つかるといいんだけど」

ふいに祈がパンケーキを食べながらつぶやいた。

「絶対見つかるだろ。祈めちゃくちゃかわいいし」と瑠璃。

「僕は男なんだけどね？」

「多分ほっといてもイケメンたちが寄ってくると思うぞ」

「僕の恋愛対象は女の子だって！」

「でも実際、異世界の人たちに勘違いされそう。……祈ちゃんかわいいから」

「お母さんまで……」

「ちなみにだが、祈は学校で好きな男子とかいなかったのか？」

祈はツッコむのを諦めたらしく、好きな女子がいなかったのか？　という質問に脳内変換して答える。

「特にいないよ」

「じゃあ逆に向こうから告白されたことはないの？」と月。

「女子はみんな僕のことを女の子みたいに扱ってくるから、一度もされたことないかな」

「へぇ……」

「逆に男子は全員僕を避けるんだけど、でも、一人だけ僕と普通に接してくれる子がいたんだ」

「昨日の夜に、会いに行った子のことだろ？」

「うん。あの子は他の男子とは違って、いつも明るく話しかけてくれて……」

祈は二人を交互に見ながら続ける。

「それで昨日、海外に留学するって言ったら、寂しそうにしてたけど……最後には笑って『頑張れよ！』って言ってくれた」

「うわぁ〜。本当にいい子ですね」

「……一応もう一度確認しておくが、祈はその子と離れ離れになってでも異世界に行きたいんだよな？」

「う、うん」

瑠璃の言葉に、祈は戸惑いつつも頷いた。

「異世界がどんなところかはわからないけど、向こうに転移するということは、もうこっちの世界には帰ってこられない。要するに俺や月とも一生会えないだろうが、それでも、行きたいんだよな？」

「昨日寝る前に改めて考えてみたんだけど、僕の決意は変わらなかった」

「そうか、ならいい……。ただひとつ言えるのは、たとえ向こうで何が起こってもそれは選択したお前の責任だ。どんなに辛い思いをしたとしても、絶対誰かのせいにするんじゃないぞ？」

「うん、わかってる」

「ま、俺と月のことについては、むしろ今まで以上にラブラブな生活を送るから心配するな」

「お父さんとお母さん……すごく仲いいもんね」

「よし、それじゃあ残りの時間を存分に楽しむぞ！　夜にはパレードもあるみたいだし、まだまだ先は長い」

「うん！」


ご飯を食べ終えたあと。

祈が紙ナプキンで口を拭きながら尋ねる。

「あの、お母さん……」

「どうしたの？」

「お母さんは……えっと、僕がいなくなって寂しかったりしない？」

「………大丈夫よ。瑠璃さんと一緒に楽しく過ごすから。祈は私たちのことなんて気にしないで、自分の道を行きなさい」

そう言って月は優しく微笑んだ。

「……ありがとう」

「……」

「僕、向こうに行っても頑張るから」

「……うん」

月は明らかに無理して笑顔を維持しようとしていた。

それにいち早く気づいた瑠璃は、立ち上がりながら口を開く。

「混んできたし、そろそろ行こうか。月は会計を頼む」

「あ、はい」

「祈、外に出るぞ」

「わかった」

祈が入り口のほうに向かって歩き出したのを見て、瑠璃は彼女の頭を撫でる。

「……」

すると月は一瞬泣きそうな表情になるも、すぐに笑顔になった。


その後三人は夕方までアトラクションで遊び、他のみんなと合流した。

しかし夜のパレードまではまだ時間があるため、先に各自好きなお土産を買っていく。

父親と母親は大量のお菓子。

吹雪と紫苑はそれぞれお揃いのキーホルダーや文房具など。

「瑠璃。俺たちは外で待ってるから、ゆっくり選んでこい。だからなるべく早くこいよ?」

そう言い残して父親が店の外へと出ていく。

「いや、どっちだよ」

瑠璃がジト目でつぶやいた直後、

「あんた……琥珀川瑠璃か？」

背後からそんな声が聞こえてきた。

振り向くと、金髪高身長の男性がこちらを見ている。

顔立ちがかなり整っていて、いかついサングラスをかけており、年齢は50代くらいだろう。

「…………ん？」

「瑠璃さん。知り合いですか？」

月が小声で尋ねた。

「いや、全く心当たりがない。……えぇっと、どなたでしょう？」

「おぼえていないか？　空蟬《うつせみ》だ」

「空蟬？　……あー、そういえば昔そんなやつがいたおぼえがある。……マジで久しぶりだな」

「ああ、久しぶり。その子は鳳蝶さんとの子どもか？」

瑠璃は祈の頭に手を置いて「そうだ」と頷く。

「めちゃくちゃかわいい女の子だな」

「だろ？　……まあ、こう見えても男の子だけど」

「………………は？」

「こいつ、正真正銘の男だから」

「そんなわけないだろ！　俺をからかっているのか？」

「空蟬さん。この子は本当に男の子です」

月が祈の髪を撫でながら言った。

「………………信じられない」

「だろうな。俺も未だに疑っている」

「ちょっとお父さん！」

祈が抗議の視線を向けた。

とそこで月が質問する。

「そういえばお一人ですか？」

「いや、嫁と子どもも一緒だ。今隣の店で買い物をしている」

「あー、なるほど」

「じゃあ俺はそろそろ二人と合流するから、この辺で」

「おう。またなチンピラヤクザ」

瑠璃が手を上げてそう言うと、空蟬は眉間《みけん》にしわを寄せて、

「誰がチンピラヤクザだ！」

「瑠璃さん、そのたとえはあまり正しくありません。空蟬さんはどちらかと言えば日本人離れ

したイケメンなので、欧米金融マフィアのほうが的確だと思います」

「なるほど。確かにそれっぽいな。……まあ、サングラスだけを見ればフィリピンマフィアだけど」

「くそ、このバカップルめ。好き勝手言いやがって」

空蟬は恥ずかしくなったのか、サングラスを外して胸ポケットにしまった。

「褒め言葉をありがとう。俺たちはマジでラブラブだからな」と瑠璃。

「そういうところは昔と変わらずか」

「まあな。……というか家族の元へ行くんじゃないのか？」

「あんたが俺をチンピラヤクザと呼んだからだろ！　……ふん、じゃあな」

「おう。お前とはまたどこかで会えそうな気がするぞ」

「残念ながら俺もそんな気がする」

口角をつり上げながらそう言い残し、空蟬は去って行った。

「瑠璃さん。お義父さんたちが待っていますので、私たちも急ぎましょう」

「そうだな」

結局三人は同じアヒルのぬいぐるみをひとつずつ購入した。

祈は異世界に持っていかず、瑠璃と月を悲しませないように自分の代わりに置いていきたいようだ。

それを聞いた月は再び泣きそうになっていたが、なんとか堪えていた。

その後瑠璃たちはレストランで食事を済ませてから、夜のパレードを見に行く。

もう始まっていたため、いい場所で見ることはできなかったが、遠くからでも充分迫力があって楽しめたのはさすが日本一のテーマパークというべきか。


それから駐車場へと移動し、最後に瑠璃が車に乗り込もうとしたその時、

「えっ……こ、琥珀川瑠璃さんですよね⁉」


白髪まみれのおっさんから話しかけられた。

おそらく瑠璃の父親と同じ年齢層だろう。

「…………あぁ！　昔からずっと俺の大ファンだって言ってくれてた人か」

少しの間が空いたあと、瑠璃はこの男が巨大な鎧を着ていたおっさんだと思い出した。

酒場でランキング画面ばかり見ていたあの男性である。

「よくおぼえていましたね」

「俺は記憶力がいいから当たり前だ。…………さっきの空蟬といい、マジで久しぶりだな」

「あっ、私もこの人知ってますよ」

車内から月の声が聞こえてきた。

「あなたは、るなた……鳳蝶月さん。まさかこんなところで二人に出会えるとは……。孫たちに無理やり連れてこられてよかったです」

「……にしてもあんた、老けたな」

「まあ、はい」

瑠璃の遠慮のない言葉に、おっさんはにやりと笑った。

「そういえば、酒場で一緒にいたもう一人のほうは元気にしているのか?」

「それが……あいつは俺より先にガンで逝っちまいました」

「……悪い。変なことを聞いたな」

「いえ。もうこの年齢ですから、周りの人間がいつ死んでも珍しくはありません。いい加減慣れてきましたよ」

「そうか」

「……琥珀川瑠璃さんもなんだか大人っぽくなりましたね」

「まあな。ダンジョンに潜らなくなってから、ようやく見た目が年を取り始めたみたいだ」

「へへっ、今のほうがかっこいいですよ」

「ありがとう」

「ま、ダンジョンがなくなっても俺はずっと琥珀川瑠璃さんの大ファンであり続けますから、これからの人生も頑張ってください」

「あんたも残された余生を楽しく生きろよ」

「はい！　ランキング画面さえあればもっと楽しいんでしょうけど、今は家族と酒があれば充分です。……それでは」

「おう」

　そんなやり取りをし、瑠璃は車へと入っていく。

「瑠璃。あのおっさんと知り合いか？」

　さっそく運転席の父親が尋ねてきた。

「まあそんなところだ。ダンジョンに潜っていた頃、ずっと俺の大ファンでいてくれたある意味すごい人だよ」

「ほう。そりゃー、また一緒に酒でも飲んでみたいな」

「父さんとだったら絶対気が合うと思うぞ。あのおっさんもかなり酒好きだったおぼえがあるし」

「いいじゃねぇか。今度紹介しろ」

「と言われても連絡先知らないし…………そうだ、ちょっと聞いてくる」

「おう、頼んだ」

　瑠璃はすぐさま車を降り、若い家族と一緒に歩いているおっさんのあとを追った。

「おーい」

　瑠璃の呼び声に、彼はこちらを振り返って首を傾げる。

「ん？　どうかしましたか？」

「俺の父さんが今度あんたと酒を飲みたいらしいから、連絡先を教えてくれ」

「えっ……あ、はい。喜んで」

動揺しつつも携帯を取り出すおっさん。

「父さんは俺のことについて詳しいし酒も強いから、きっと楽しい飲み会になると思うぞ」

「うわぁ……、それは楽しみですね。琥珀川瑠璃さんが昔どんな子どもだったのか、とか。実は一人でいろいろと妄想してたんですよ」

「お、おう。なんか気持ち悪いな」

「気持ち悪いって……ひどいですね」

「事実だろ」

「ははっ、違いありません」

そうしておっさんの連絡先を入手した瑠璃は、再び車へと戻った。

「お待たせ。出発しよう」

「おう」

父親はいかつい顔に似合わず、ゆっくりと車を発進させる。


その後、帰りの車内で会話が途切れることはなかった。

それぞれどのアトラクションに乗ったのか。

昼は何を食べたのか。

園内でどんな発見があったのか、など。

家に着くまでずっと、みんな明るい顔をしていた。


その日の夜。

瑠璃と月と祈は、三人同じ部屋で寝ることになった。

最後の日くらい川の字になって一緒に寝たい、と月が言い出したからだ。

「こうして祈を真ん中に挟んで寝るのは、いつ以来だろうな」

「五年ぶりくらいじゃないですか？」

瑠璃の言葉に月が返答。

「なんか恥ずかしいよぉ……。それに僕、邪魔じゃない？」と祈。

「なんでだ？」

「だってお父さんとお母さん、毎晩仲良しだから」

「えっ……なんでそれを⁉」

月が慌てたように問いかけると、祈は頬を紅色に染めて、

「だってトイレに行く時、いつもドアから……その、激しいキスの音が聞こえてくるから」

「き、聞こえていたの？」

月の顔が急激に真っ赤に染まっていく。

もちろんそれ以上の営みは行われていないのだが、毎晩激しい口づけをしているという事実を息子に知られていることが、彼女にとっては恥ずかしくて仕方がなかった。

「確かに俺と月は仲良しだが、一日くらいなら邪魔しても構わないぞ。というか、最後の日くらい邪魔しろ」

「……うん」


それから数分の沈黙が続いた。

最初に口を開いたのは瑠璃。

「なんか、全然眠れないな」

「私もです」

「うん、僕も」

「祈。興味本位で尋ねるが、異世界での最終目標はなんなんだ？」

「う～ん……。この地球上にダンジョンがあった時のお父さんみたいに、最強になりたいというのもあるけど……最終目標は、お父さんとお母さんみたいに、好きになった人と一生幸せに過ごすことかな」

「なるほど……。なんというか、全部俺を追っているだけだな」

「だって、お父さんは僕のあこがれだから」

「それは素直に嬉しいけど、もっと自分らしさを出したほうがいいと思うぞ」

「というと？」

「俺ですら達成できないような目標にしとけ」

「………………じゃあ、全盛期のお父さんよりも強くなる！」

少し悩んだ末、祈がそう宣言した。

それに対する瑠璃の返答は、

「いや、無理だろ。やめとけ」

「なんで!?　達成できないような目標を持てって言ったのはお父さんなのに」

「何がどう転んだとしても、俺を超えることは不可能だ。これは断言しておく」

「あまり我が子の夢を奪いたくはないですが、確かに昔の瑠璃さんよりも強くなれるビジョンが浮かびません」と月。

「絶対神だっけ？　お父さんはそのすごい人から加護を受けて、めちゃくちゃ強くなれたんだよね？」

「ああ。下手に身体を動かしたら何が起こるかわからないから、脱力するのに必死だったな」

「でも、叶う可能性はゼロじゃないと思う。異世界で頑張っていたら、僕も絶対神に認めてもらえるかもしれないし。そしたらお父さんよりも強い加護を与えられるかも」

「あー、確かにそれはありえそうだ」

「でしょ？」

「だけど、経験者として先に忠告しておいてやる。もし仮に力を分けてもらえたとしても、その間はむやみに身体を動かさないほうがいいぞ」

「そんなにやばかったの？」

「やばすぎてマジやばいって感じ」

「全然わからないよ」

「とにかく、やばいってことだけはおぼえておけ」

「わ、わかった」

それから数秒の間が空いたあと、

「………ねぇ、祈」

次は月が口を開いた。

「どうしたの、お母さん」

「手を繋いでもいい？」

「あ、うん」

月は息子の左手を包み込むようにして、両手で握った。

「なぁ、祈」

「どうしたの、お父さん」

「手を繋いでもいいか？」

「……う、うん」

瑠璃も息子の右手を包み込むようにして、両手で握った。

それから更に、

「なぁ、祈」

「……何？」

「脚を固定してもいいか？」

「どういうこと!?」

「こういうこと」

瑠璃は自分の脚を祈の脚へと絡め、動かないように力を入れる。

「ちょっとお父さん、やめてよ」

「ふふっ。ねぇ、祈」

「すごく嫌な予感がするけど、何？　お母さん」

「脚を固定してもいい？」

「だめっ！」

「やるもん」

月も脚を祈の脚へと絡め、力を入れた。

それによって四肢が全て動かなくなった祈は、脱出しようと必死にもがく。

「むぅぅぅー。窮屈だよっ！」

「ははっ、やっぱりお前はかわいいな」

「ふふっ、いつまで経っても祈ちゃんはかわいいですね」

「めちゃくちゃ怖いんだけど⁉　二人ともどうしたの⁉」

「まあおふざけはこの辺にしておくか」

「そうですね」

「てっきり殺されるかと思ったんだけど……」と不機嫌そうにつぶやく祈。

「この程度で動揺していたら、異世界ではやっていけないぞ？」

「それはそうだけど……。なんか納得いかない」

「それよりも祈。ひとつお願いがあるんだが」

そう言って瑠璃は真剣な表情を浮かべる。

「どうしたの？」


「月と手を繋いでもいいか？」


「…………ん？」

「今お前が真ん中にいるわけだが、さっきから月に触れたくてしょうがない」

「……場所、変わろうか？」

「いや、それは遠慮しておく。普通子どもは真ん中で寝るものだからな。というわけで祈の身体の上に腕を乗せるけど、我慢してくれ」

「えぇ……」

「もう瑠璃さんったら、本当に私が好きなんですね」

月は微笑んでそうつぶやきながら、差し出された手を握り返した。

もちろん恋人繋ぎだ。

「あぁ、やっぱり月に触れていると落ち着くな」

「そうですね。これならすぐに眠れそうです」

「僕は全然落ち着かないよ⁉　微妙にお父さんの腕が重いんだけどっ」

「おやすみ。月、祈」

「おやすみなさい。瑠璃さん、祈」

瑠璃と月は同時に目を閉じる。

「ちょっと二人とも⁉」

「……」

「……」

「……はぁ。まあいいや」

祈は諦めたようにため息を吐き、目を閉じた。

「おやすみなさい。お父さん、お母さん」

Chapter 6-2

翌日の朝。

「祈、忘れ物はない？」

芝の生えた庭の上で、月が問いかけた。

「えっと……」

祈はリュックを地面に降ろし、再度中身を確認していく。

更に服のポケットを触り、

「うん、大丈夫！」

「よし……。おーい、地球の神様。聞こえるか？」

瑠璃が大声で話しかけると、五秒ほどして声が返ってくる。

『呼んだかの？』

「準備ができたぞ」

『了解じゃ。それで願いは、お主の息子を魔法や魔物が存在している異世界へ転移させるということでいいかの？』

「ああ。……それと、俺と月を絶対神の元へ案内してくれ」

「えっ？」

月が不思議そうに首を傾げた。

『……はぁ。願いを叶える権利はひとつしか残っておらんぞ？』

「だからひとつしか使っていない。祈を異世界に転移させるというお願いの付録として、絶対神と会う方法を教えてもらうんだ」

『…………まあ、それくらいなら別にいいかのぉ。どうせ暇だし、大した手間でもないし……。何よりお主とやり取りをするのが面倒くさい。とりあえず息子さんを異世界へ転移させるぞ？』

「おう、頼んだ」

「お父さん、お母さん。今まで育ててくれて本当にありがとう」

祈が二人を交互に見ながら言った。

「祈……」

「おい祈！　もし異世界ごときで死んだら、俺がお前を殺しにいくからな？」と少し圧を込めながら瑠璃。

「えっ？　あ、うん」

「だから、絶対に死ぬんじゃねぇぞ」

「任せて！」

「あと、俺の息子ならどんなに怪我をしても戦うのをやめるな。手傷を負ってなお戦える者のことを戦人《いくさにん》という」

「そうだね」

「祈！　……げ、元気でね」

最後まで笑顔を崩さないと決めていた月の瞳から、一滴の涙が零れ落ちた。

「お母さん、心配しないで。僕は二人の血を引いているから、きっとどこでも生きていけるよ」

「……うん」

「長くなったら辛くなりそうだし、もう行くね。地球の神様さん！　お願いします」

『わかった。……ほいっと！』

神様の声と同時に、祈の姿が光に包まれて消えていった。


「――祈っ！」

月が手を伸ばすも、もうそこに息子はいない。


今後一生会えない。

その事実が彼女の心を強く締めつける。

昨日からずっと堪えていた涙があふれ出してきた。

顔を隠すように、瑠璃に抱きつく。

「……うぅ。ずずっ！」

「おい、鼻水を俺につけるなよ……と、言いたいところだけど、今日だけは仕方ないよな」

「鼻水なんて……づけてま……せん」

瑠璃は彼女の頭を撫でながら、

「今までよく我慢したな。もういいぞ」

返答の代わりに何度もしゃくり上げる月。

「お前が泣き止むまで待ってるから……な」

彼の目にも少しだけ涙が浮かんできた。

しかし自分が泣いたらだめだと言わんばかりに、鼻から大きく息を吸って堪えようとする。

それからしばらくの間、月は泣き続けた。

相当辛かったのだろう。

やがて月が落ち着いてきた頃。

『もうよいかの?』

「ああ、悪いな。すっかり待たせてしまった」

「地球の神様さん。すみません」

申しわけなさそうに頬を掻く瑠璃と、頭を下げる月。

『構わん。それより絶対神様の居場所へ案内すればいいんじゃな?』

「ああ、頼む。会いに行くという約束をしているんだけど、お前に聞く以外の方法が思いつかないんだ」

『あの御方と約束とは……相変わらず規格外な人間じゃのぉ』

「まあな」

『じゃが……なんというか、実際に会えるとは限らんぞ？』

「ん？　どういうことだ？」

『わしが案内できるのは、神界にある絶対神様の居場所へと続いている入り口までじゃ。正直入ったことがないから、たどり着くまでにどのくらいの時間がかかるのかはわからん。噂ではダンジョンのようになっているらしいが……』

「なるほど、ダンジョン……か」

『どうする？　もう案内すればよいか？』

「いや、すぐに帰ってこられるかどうかわからないなら、いろいろと準備をしておきたい」

『そうか』

「何度も本当にすまないな。ちょっと待っていてくれ」

『ま、わしは心が広いからのぉ……。了解じゃ』

神様の声が聞こえなくなってすぐ、瑠璃は月のほうを向く。

「すぐに会えると思っていたんだけど……どうやら時間がかかりそうだ」

「瑠璃さん。どういうことですか？」

「前々から思っていたんだ。最後のお願いを叶える時に、ついでに絶対神と会う方法を教えてもらおうって」

「へぇ……」

「ダンジョンがあるみたいだし、ちょっとワクワクしてきた」

「ふふっ。その表情……昔の瑠璃さんっぽいです」

「……なぁ、月。無理にとは言わないけど、一緒に行かないか？　俺はずっとお前のそばにいたいし、絶対神の居場所へと続いているダンジョンにも挑戦してみたい」

「わがままですね」

「自覚はある」

月は特に悩むことなく頷き、

「もちろんいいですよ」

「本当か？」

「というか、今更私が瑠璃さんと離れるとでも思いました？　このまま一人で地球に取り残されたら寂しくて死んじゃいます」

「……そっか」

「それに、私も絶対神さんに会ってみたいんです」

「俺も声を聞いたことがあるだけだから、直接会って話をしてみたい」

「……で、お義父さんたちにはどうやって伝えますか？　神様の話によると、たどり着くまでにどのくらいかかるかわからないとのことですが……」

「あー、すぐに帰ってこられる可能性もあるんだよな」

「はい」

「親と弟には真実を伝えるとして、バイト先とかには海外に引っ越すって言って誤魔化せばいいだろ。で、もし仮に早く帰ってこられた場合は別の仕事を探そう」

「わかりました」


その後二人は、まずバイト先の店長に連絡をし、続いて両親に会いに行った。

事情を伝えると母親は悲しそうにしていたが、父親はいかつい顔をニヤつかせて『頑張ってこい』と言ってくれた。

そして弟にも伝えてもらうように言い残し、ついでに異空間の鍵を預けておく。

帰ってくるまでの間、露天風呂や家などは自由に使ってもらう予定だ。


それから異空間の庭にて。

「よし、準備ＯＫだ！」

『それじゃあ、とりあえずわしの部屋に転移させるぞ？』

「頼む」

『ほいっと』

その瞬間、瑠璃と月がその場から消えた。

二人は神秘的な部屋のなかに転移した。

円形になっており、窓が一切ない。

壁は真っ白で、至るところに金色の柱が立っている。

目の前には、白い顎髭《あごひげ》を生やしたおじいさんの姿。

純白のローブを着ていて、十数年前に瑠璃が会った時の見た目と全く変わっていない。

「よう神様」

瑠璃が手を挙げて話しかけた。

「久しぶりじゃの……。そっちの子は初めましてじゃな」

「あの……あなたが地球の神様なんですか？」

月の問いかけに、神様は「うむ」と頷く。

「なんというか、予想通りの見た目でした」

「そうかの？」

「はい、まさしく神様って感じです」

「まあ確かに日本でよく想像されている姿は案外的を射ておる……。さて、さっそくじゃが、
絶対神様の元へと繋がっている入り口に案内しよう。わしの後ろをついてくるように」

「了解」

「わかりました」

神様が真っ白な扉を開けて外に出ると、そこには現実離れした光景が広がっていた。

白くて細い道が続いており、少し先には芝の生えた円形の床がある。

どうやらいろんなところに道が張り巡らされていて、それぞれが建物や床などに繫がっているようだ。

神様の後ろを、月、瑠璃の順番で歩いていく。

「ひっ、瑠璃さん。下……下を見てください」

「ん？　……おぉ、すげぇ」

通路の下には、白色の膜が存在していた。

まるで距離感が摑めない。

よく見ると下だけでなく、神界全てがその膜に覆われているようだ。

「道が細いですし、めちゃくちゃ怖くないですか？」

「なぁ、神様。ここから落ちたらどうなるんだ？」と瑠璃。

「わからん……。なんせ落ちたことがないからのぉ」

「じゃあ、ちょっと試しに落ちてみてくれ。気になって仕方がない」

「無茶を言うでない！　お主が落ちればよかろう！」

「昔の俺ならすぐに飛び降りていただろうけど……今はあの桁外れなステータスもないしな」

「一応言っておくが、滑って落ちてもわしは助けんからの？」

「……瑠璃さん。絶対に押さないでくださいよ？」

月が振り向くことなく言った。

「……」

「あれっ、聞こえました？」

「それは押せというフリか？」

「違いますっ！　本当にやめてください」

「冗談だって。月を落とすくらいなら俺が落ちるから」

「それも嫌です！」

神様は芝の床へと足を踏み入れ、続けて別の細い道を進んでいく。

「至るところにある建物には、別の神様が住んでいるのか？」

「そうじゃ」

最後尾の瑠璃の質問に、神様が即答した。

「なら、遠くに見えるピンク色のハートの家にはどんな神様が？」

「あそこには、太陽系惑星内全ての【愛】を統轄《とうかつ》している女神様が住んでおる」

「へぇ、愛の女神か」

「家に案内してやらんこともないぞ？　愛の女神様は本当に美しいからのぉ。おそらく人間の男が見たら一瞬で心を奪われるじゃろう」

「だ、だめですぅ！　早く絶対神さんのダンジョンに案内してください！」

月が大声で否定した。

「なんじゃ、男を取られるのが怖いのか？」

「当たり前です。瑠璃さんは誰にも渡しませんからね！」

「安心しろ、俺がお前以外に惚れることはない。…………おいてめぇ。月を不安にさせるんじゃねぇ」

「ほいほい。すまんかったのぉ」

「……でも、愛を統轄しているということは、俺の月に対する好きっていう気持ちもその女神が管理しているのか？」

「まあ簡単に言えばそんなところじゃ」

「どうにも信じられないな……。仮に本当だったとしても、俺だけは例外だろ。この愛の強さが誰かに管理できるはずがない」

そう言って瑠璃は、前を歩いている月に抱きついた。

「きゃっ!?　ちょっと……いきなりそんなことされたらびっくりするじゃないですか！　お詫びとして、もっと強くぎゅーってしてしてください」

「言われなくても」

「……ふふっ。抱きしめられると、すごく幸せな気分になれます」

「はぁ……。いちゃいちゃするなら、わしのおらんところでやってくれんかのぉ？」

とその時、

「あら地球の神様、ごきげんよう」

横の道から歩いてきた一人の女性が、微笑みながら話しかけてきた。

きらきらと光る金髪ロングヘアーに、人形よりも整った目鼻立ち。

透き通るような白い肌で、ピンク色のパーティードレスを着ている。

胸が爆発しそうなくらい大きい反面、ウエストは恐ろしく細い。

そう、彼女が先ほど話題に上がっていた愛の女神だ。

彼女の姿を見た地球の神様は、ぎこちない笑みを浮かべて口を開く。

「えっと、あのぉ……。お久しぶりでございます、女神様。今日もその、お美しいですね」

「ふふっ、ありがと」

そう言って女神が首を傾げると、神様の目が漫画のようにハートの形になった。

「で、そちらのお二人はどなた？　見ない顔だけれど」

「地球に住んでいる人間です。いろいろと事情があって、絶対神様の場所へと案内しているのですよ」

「へぇ。なら私はお邪魔をしないほうがよさそうね。……じゃあ、また」

女神は軽く手を振って、瑠璃たちがやってきたほうの道を歩いていく。

「そ、そんなぁ……」

地球の神様は名残惜しそうにその後ろ姿を見つめる。

「なぁ、さっきのが愛の女神か？」

「そうじゃが……」

「あまり失礼なことは言いたくないんだが……どう見ても月のほうがかわいいぞ？　差が明白すぎるだろ」

「お主、何を言っておる。差が明白なのは反対じゃろう？」

「ま、感性は人それぞれってことか。お前にとっては女神のほうが上なんだろうけど、俺からすると月が圧勝だ。さぁ、結論は出たしさっさと進むぞ」

「…………そうじゃの」

あまり納得していないような表情のまま、神様は上り坂を進み始めた。

月は頬を赤く染めて、

「瑠璃さん。ありがとうございます」

「礼を言われるほどのことはしていない。本音を言っただけだからな」

「私も地球の神様より瑠璃さんのほうがかっこよくて大好きです！」

「こんな老人と比べられても全然嬉しくねぇ！」

「ふふっ……」

「お主ら聞こえておるぞ？」

それからかなりの距離を歩き、瑠璃たちはとうとう神界の頂上へとたどり着いた。

円形の床の中心に大きなクリスタルが浮いている。

その隣には木の看板が立っており、丸っこい文字で【ぜったいしんへのみち！】と書かれている。

「なんだこれ。馬鹿にしてんだろ」

瑠璃が眉を顰めてつぶやいた。

「あの御方はいろいろときまぐれじゃからのぉ」

「ふ〜ん」

「で、このクリスタルに触れれば絶対神様が創ったダンジョンにワープできるという話じゃ……。だが、その先の安全は保障せんぞ？　わしは転移先がどうなっているのか一切知らないし、絶対神様に会ったこともない」

「大丈夫だ。俺は月と一緒ならどんな困難だろうと乗り越えていける。……ここまで案内してくれてありがとな」

「構わん。お主は地球を元に戻してくれた恩人じゃからの。……ふぅ、これでやっと面倒くさいやつとの関係を断ち切れそうじゃ」

「本音が漏れているぞ？」

「わざと漏らしたんじゃ……。怒るか？」

「ははっ、俺はお前にいろいろと感謝しているからな。礼を言うことはあっても、不快に思うことはない」

「そうか。……なら、わしはそろそろ家に戻るぞ？」

「おう、じゃあな」

瑠璃の言葉に手を挙げて反応し、地球の神様は踵を返して歩き出した。

その後ろ姿を十秒ほど見つめたあとで、瑠璃が口を開く。

「……行こう、月」

「はい」

「神様ですら見たことがないという絶対神に会いに行って、適当に雑談したあと、再びこの神界に戻ってこようぜ」

「そして、ここに住むのもいいかもしれませんね。途中でいろんなお店とか、施設がありましたし。結構楽しそうです」

「実は俺もそれを考えていたんだ。住む家は地球の神様に創ってもらえばいいだろ」

「ふふっ、瑠璃さんらしいですね」

「……さぁ、出発だ」

「はい！」

クリスタルに触れた瞬間、二人の姿がその場から消えた。

書き下ろし
番外編

Extra edition

番外編

【新婚旅行】

秋葉原のダンジョンが消滅して三ヶ月後。

異空間のカフェテラスにて。


「暇だなぁ……」

紅茶を飲みながら、瑠璃《るり》がふとつぶやいた。

月《るな》はカップを机の上に置き、

「暇ですねぇ……」

「こうして月とのんびり過ごすのは幸せだけど、ダンジョンが恋しくないと言えば嘘になる」

「そうですねぇ……」


「というわけで新婚旅行に行こう」

「そうですねぇ…………………はい!? めちゃくちゃ突然ですね!? いきなりどうしたんですか?」

「不意に行きたくなった」

「……なるほど」

「今思えば、俺たちって結婚してもう三ヶ月くらい経つだろ？」

「まあ籍を入れただけで、結婚式は挙げてませんけどね」

「お互い必死にバイトをしているおかげでわりと金銭面に余裕が出てきたし、そろそろ頃合いだと思ってな。……で、どこに行きたい？」

「私はまず結婚式を挙げたいんですが……」

「そんなことにお金を使うくらいなら旅行先で存分に遊びたい！」

「いいえ、結婚式のほうが重要です！　なんせ全女性の憧れですから」

「………………」

「あれ、どうしました？」

「…………恥ずかしい」

「はい？」

「結婚式を挙げたら俺の親や弟がきたりするだろ？　そんななかで両親への感謝の手紙を読んだり、二人の思い出を詰め込んだムービーを流されて、恥ずかしくないはずがないだろ」

「驚きました……瑠璃さんにも恥ずかしいという感情が存在していたんですね」

「当たり前だ。俺を誰だと思っている」

「自己中野郎ですか？」

「ちげぇよ！　失礼なやつだな」

「冗談ですって……。まあ、恥ずかしい気持ちもわからなくはないですが、それでも私は結婚式を挙げたいんですよ」

「というわけで旅行先を決めよう」

「なんでですかっ⁉」

「そもそも今回は新婚旅行の回だから」

「……ん？　その発言の意味が全く理解できないんですけど、どういうことです？」

「もし俺が主人公のライトノベルがあった場合、今の俺たちの会話シーンは第二巻の番外編に収録されていて、タイトルが【新婚旅行】になっているはずなんだよ。だから結婚式の尺は存在しない」

「じゃあ瑠璃さんの権限でタイトルを【結婚式】に変えればいいじゃないですか。主人公が作者さんにお願いすれば変更してもらえると思いますけど」

「いや、無理。もう刊行されてるから」

「むぅ……ああ言えばこう言う」

「だって結婚式、恥ずかしいんだもんっ！」

「だもんっ！　じゃありません」

「なら旅行から帰ってきたあと……考えてやるよ」

「本当ですか？　考えるだけじゃありませんよね？」

「も、もちろんだ！　かなり前向きに検討すると約束しよう」

「そういうことなら、今回は旅行に行きましょう」

「よしきたっ！　じゃあ行き先だけど、せっかくだし同時に言ってみるか」

「いいですよ～。私たち仲良しですし、きっと合いますよ」

瑠璃は数秒ほど間を空けて、

「いくぞ？　せーの！　……って言ったら――」

「――ハワイ！」

「…………」

「…………」

ジト目を向ける月。

「おい、なんだその目は？」

「いえ……別に」

「ハワイにするか」

「そうですね」


透き通るほど綺麗なマリンブルーの海。

真っ白な砂浜には大勢の水着姿の人々がいる。

「うわぁー！　すごいですねぇ」

「やっぱり日本の海とは透明感が違うな。語彙力がなくなりすぎて、すごいとしか言えない」

「瑠璃さんっ、さっそく泳ぎましょう！」

「おう！　とその前に、水着に着替えないと」

「あ……そうでした」

「多分どこにでも売っていると思うから、買いに行くぞ」

「は〜い」


少しして。

水着に着替えた二人は、砂浜でお互いに向き合っていた。

瑠璃は月の全身を見つめながらつぶやく。

「……めちゃくちゃかわいいな」

水色のフリフリがついているタイプのビキニ。

胸こそ控えめなものの、透き通るほど白い肌や細いウエストによって美しさとかわいらしさが共存しており、水着がとてもよく似合っている。

「ど、どこ見てるんですか？」

そう言って恥ずかしそうに胸を隠す月。

「いやお前、隠すほど大きくないだ――」

「――あぁん？」

「いえ、なんでもありません！」

「むぅー……」

「それにしてもマジでかわいすぎる……。正直今すぐ抱きしめたい」

「こ、ここでは恥ずかしいので、そういうことは……今夜ホテルでお願いします」

「う……うん」

「そういえば、瑠璃さんはシンプルな海パンを買っていましたけど、そんなのでよかったんですか？」

「やっぱり俺と言えば黒一色だろ。どうだ、似合っているか？」

「う～ん……似合ってはいるんですけど、正直水着よりも身体にしか目が行きません」

「…………月のえっち」

瑠璃は頬を赤らめて下を向いた。

「いや、違いますからね!?　傷が多すぎてめちゃくちゃ怖いと言いたかったんですよっ」

「あぁー、そう言われたら……」

瑠璃の全身には、顔以外の至るところに古傷が入っており、刺青を入れた外国人たちよりもよっぽどいかつい。

「それよりも、早く泳ぎましょう！　私もう待ちきれません」

「おう！　じゃあ俺はこの辺でお昼寝でもしているから、あまり沖へは行かないようにな～」

「は～い……って、なんでですか!?　一緒に遊びましょうよ」

「冗談だって」

とその時、

「オォ、ソコノオネエサン、カワイイネー！　一緒ニ遊バナイ？」

一人の男性が片言の日本語で月に話しかけてきた。

高身長で筋骨隆々《きんこつりゅうりゅう》。

右肩にハートの刺青が入っている。

月は首を左右に振って、

「いえ、遊びません。他を当たってください」

「ソンナコト言ワナイデ。キット楽シイカラ」

「興味ないので」

「アナタ観光客デ、コノ島ノコトヨク知ラナイ。ワタシ案内スルヨ？」

「結構です」

そう言って月が手のひらを向けた瞬間、今までニコニコしていた男性が急に顔色を変え、

――彼女の腕を力強く掴んだ。

「痛っ……や、やめて！」

「女ハ黙ッテ言ウコト聞ケ！　早クコッチニコイヨ」

「瑠璃さん!!」

「……なぁお前。今すぐ月から手を放すなら半殺しで済ませてやるけど、どうする？」

無表情で尋ねる瑠璃。

その男性は「ハンッ」と鼻で笑い、

「何言ッテルカワカラナイヨ、チビ」

「じゃあわかりやすいように拳で教えてやるよ」

直後――瑠璃が勢いよく駆け出した。

男性は反射的に月から手を離し、かなり遠い位置からパンチを繰り出す。

腕が長いこともあり、かなりのリーチ差だ。

しかし、生まれつき戦闘センスが優れていて、壮絶な人生を送ってきた瑠璃にとって、その程度のハンデはないに等しい。

素早く身体を捻り、スレスレで躱《かわ》した。

そして一切躊躇《ためら》うことなく、男性の顎を右ストレートで撃ち抜く。

「――っ!?」

顔を歪めて膝をつく男性。

瑠璃は無言で相手の髪を掴み、顔面に膝蹴りを入れた。

「ウッ!?　ソ、ソーリー。ゴメン……ナサイ」

「次俺たちの前に現れたら、殺すからな？」

　言いながら最後にみぞおちを蹴り上げると、男性は何度もむせ返りながら必死に逃げて行った。

「……あの、瑠璃さん。ありがとうございます」

「このくらい当然だ」

「でも、ああいう人って現実にいるものなんですね……。正直かなり怖かったです」

「まあ安心しろ。相手が誰であれ俺が守ってやるからな」

「は、はい！」

「にしてもさっきのやつ……ガタイのわりに大したことなかったな。やりすぎたらこっちが悪者にされそうだからかなり手加減したんだけど、まるで手ごたえがなかった」

「自分より大きい人を相手に手加減って……レベルシステムがなくなっても、瑠璃さんはやっぱり瑠璃さんですね」

「おう、拳同士でのタイマンなら負ける気がしねぇ」

　そう言って周囲を見渡す瑠璃。

「いや、楽しそうな顔で喧嘩相手を探さないでくださいよっ」

「……バレたか」

「どうせ不完全燃焼なんでしょうけど、これ以上暴れたら警察がきそうですし、素直に旅行を楽しみましょう」

「そうだな……じゃあ身体の熱を冷ます意味も込めて海に入るか。先に海へ到着したほうが勝ちな！」

「あっ、ちょっと!?　ずるいですよっ――」

その後二人は、ハワイでの新婚旅行を満喫するのだった。

あとがき

お久しぶりです。もしくは初めまして。

作者のｙｏｈｅｉです！

このたびは第二巻を手に取っていただき、本当にありがとうございます。

今回は特にラストバトルのシーンに力を入れておりまして、ＷＥＢ版よりも熱く、大ボリュームになっていたのではないでしょうか。

何はともあれ、この作品は僕のデビュー作であり、こうしてキリのいいところまで刊行することができて安堵している次第です。

ですが、瑠璃たちの物語はまだ終わりではありません！

書き始めた頃からずっと頭のなかで考えていたラストシーンがありまして、今後はそれに向かって突き進んで行こうと思っております。


余談ですが、仕事中に作業をしながら脳内でラストシーンのプロット（物語の大まかなあらすじ）を練っていた際、感動して目に涙が浮かんできた記憶があります（笑）。

小説で涙腺崩壊をしたのが初めての経験だったので、自分でもかなり期待しています。

まだまだ遠い道のりですが、早く書いてみたいですね。

最後にこの場を借りて御礼を。

イラストレーターのねいび先生。今回もかわいくて素晴らしいイラストを描いてくださりありがとうございます。一巻の時からイラストが届くたびに、とても幸せな気持ちになっています～っ！

担当編集者の松居様。週末にもかかわらず、いつも質問や疑問点にメールでお答えいただきありがとうございます。ＷＥＢで小説を書いていた僕に声をかけてくださったこともあり、感謝してもしきれません（言わされているわけではありません（笑）。本当です！）。

そして、この本の制作にかかわった多くの方々や、この作品を読んでくださった全ての読者様にも重ねてお礼申し上げます。

願わくば第三巻でお会いできますように。（＞ω＜）

ｙｏｈｅｉ

この本を読んでのご意見・ご感想・ファンレターをお待ちしております。
〈宛先〉　〒104-8357　東京都中央区京橋 3-5-7
（株）主婦と生活社　PASH！編集部
「yohei 先生」係
※本書は「小説家になろう」（https://syosetu.com）に掲載されていたものを、改稿のうえ書籍化したものです。

PASH!ブックス

ダンジョンでただひたすらレベルを上げ続ける少年 2
2021年7月12日　1刷発行

著　者　yohei
編集人　春名 衛
発行人　倉次辰男
発行所　株式会社主婦と生活社
〒104-8357　東京都中央区京橋 3-5-7
03-3563-5315（編集）
03-3563-5121（販売）
03-3563-5125（生産）
ホームページ　https://www.shufu.co.jp
製版所　株式会社二葉企画
印刷所　大日本印刷株式会社
製本所　下津製本株式会社
イラスト　ねいび
デザイン　atd inc.
編集　松居 雅

©yohei　Printed in JAPAN　ISBN978-4-391-15638-6